悅知文化

THE LOST LIBRARY

無人知曉的圖書館

REBECCA STEAD
雷貝嘉・史德

WENDY MASS
溫蒂・梅斯

謝靜雯——譯

獻給過去、現在與未來的圖書館員

街頭小圖書館
（Little Free Library）

在街頭設置的迷你圖書館，居民會自發性地把書放在像是郵箱的盒子或是櫥窗裡，人們可以自由捐書，也可以從小書櫃中拿走想看的書。街頭小圖書館起源於美國威斯康辛州的一個小鎮，發起人托德·博爾（Todd Bol）為紀念愛閱讀的母親，製作了一個校舍造型的小圖書館，希望和鄰里分享閱讀的樂趣。

1 莫迪沐

莫迪沐在涼爽的地下室石地上等待，就在四號鼠門前面，毛茸茸的橘色身體盡可能占據最多地盤。他的腳掌在身體前面展開，彷彿準備接住一顆西瓜。

就莫迪沐看來，關於貓的事，書都寫錯了。在書本裡面，貓咪通常自命不凡，有時候甚至冷漠無情，彷彿貓咪沒有感情似的。

貓咪明明有心！

明明有感情，他的心說。

莫迪沐擁有豐沛的感情，他所沒有的，是豐沛的字彙。

老鼠比他更擅長運用語言，老鼠話很多。

馬丁維爾鎮政廳屋頂上的掛鐘開始叮叮響起，如同每天晚上六點的慣例。

鼠門後的搔抓聲越來越響，現在隨時都會有老鼠跑出來。

「蘋果！」他聽到一個細小的聲音說，「我聞到蘋果的味道！」

他們來了，莫迪沐心想。頭一隻老鼠現身時，莫迪沐換上了他希望看來很溫柔的笑容。老鼠甩掉身上的點點塵土和木屑時，一如既往，正在講話。那個聲音後面有興奮的呢喃。

「那是……貓嗎？」

第二隻老鼠出現了。「這是什麼可怕的地方，竟然有一隻冷血無情的貓咪守在門邊？這一定是惡夢吧！」

第三隻老鼠從洞裡冒出來。莫迪沐很清楚，老鼠很少單獨行動。

「歡迎！」莫迪沐說，緊張地瞥了一眼馬鈴薯桶。上星期，有隻老鼠成功突圍跳了進去。莫迪沐在樓梯底下動也不動，足足等了他快三個小時。

「請跟我來，老鼠們。」莫迪沐盡量用爽朗的語氣說。「要到外面請往這邊走！」

「可是我們才剛進來裡面！」其中一隻哀哀叫。

莫迪沐像擋風雨刷一樣展開手臂，將老鼠們帶往地下室另一個角落的小小鼠洞（又叫做三號鼠門）。他之前學到一件事：老鼠從來不喜歡從他們進來的地方離開。

「那隻可怕貓咪的腳有六個趾頭！好可怕喔！」

「等等，難道這隻貓就是六趾牢騷鬼？」

這個出口距離圖書館老推車並不遠，可以通往戶外，遠離史卡金小姐、蘋果、布洛克先生的起司，還有馬鈴薯桶。

「看來我們現在直接又要回到冷颼颼的外頭去了？」

其實，看到莫迪沐和他的大腳掌，三隻老鼠早已擠在老鼠洞前，急著想要離開。

「外頭不冷，」莫迪沐說，「現在是夏天，不過要小心，這扇門的另一邊是馬路，會有車子。不過，一切都好！」

「噢，這也太棒了。」其中一隻老鼠說。「不勞你費神，六趾牢騷鬼。」然後鑽過洞口消失不見。

「順帶一提，哪裡一切都好了？」最後一隻老鼠補充，「我餓壞了。」不過，這隻老鼠緊緊盯著莫迪沐的腳掌（他的每個腳掌確實都有六根腳趾），倒退著擠過洞口。

「抱歉，」莫迪沐說，「麻煩繼續走。抱歉！」

「貓咪從來不抱歉的，」老鼠說完便消失在黑夜裡，「每個人都知道，貓咪沒有感情。」

莫迪沐什麼也沒說。說什麼都沒意義，因爲老鼠們已經離開。他將眼睛貼在小洞那裡，看看他們是不是安全越過馬路。「再見囉，」他小聲說，「再見，祝好運。」

史卡金小姐無法容忍老鼠。到現在，莫迪沐知道自己無法阻止他們鑽過老鼠洞進來（他小心翼翼替老鼠洞編了號碼，就是一號到五號的鼠門）。打從他住進這棟房子以來，一直會有老鼠跑來，他對這件事情無計可施，只能溫柔地引導他們再回到外頭。

他學會聽出他們扒扒抓抓的聲響，總是準備好在鼠門前迎接他們，並且爲他們指出最近的出口。

莫迪沐不覺得自己善於言詞，但是他的聽力好極了。

他試著將地下室整頓好。一如既往，老鼠東奔西竄，頻頻撞上東西。今天晚上，有三顆蘋果從搖搖晃晃的高架上滾了下來。即使總共有二十四根腳趾頭，莫迪沐也沒辦法把蘋果撿起來。不過，他將蘋果推到樓梯附近，艾兒到達時一定能馬上看到。他替艾兒把蘋果排好。

也許那些蘋果的瘀傷不算太嚴重，或者艾兒可以再次拿來做蘋果醬。

等地下室恢復整齊安靜的時候，莫迪沐深深吸了一口氣，享受沿著廚房樓梯飄下來的蘋果瑪芬蛋糕香氣。艾兒正在烘焙，這是她大多數星期天的慣例。透過地下室一扇高高的小窗，莫迪沐看到日光漸漸消逝。他吁了一口氣，覺得開心。

接著，他的視線落在放著圖書館舊書的那臺推車上。他愉快的情緒漸漸散去，心虛的感受包圍上來，就像艾兒的擁抱，她總是抱得有點太緊。

是我的錯，他的心說了第一百萬次，都是我的錯。

他別開視線。

2 莫迪沐

老鼠們離開之後不久，艾兒走下樓梯。她沒理會莫迪沐排好的蘋果，在地下室直接席地而坐，動也不動，幾乎長達一個鐘頭。

她盯著那臺圖書館推車。

二十年以來，艾兒從未做過這樣的事。

莫迪沐納悶，艾兒是不是需要一個擁抱，於是走過去，站在她的其中一隻腳板上。

「噢，親愛的貓咪！」艾兒說，朝他伸出手。

有點太緊，莫迪沐心想，但他任艾兒擁抱。

艾兒開始將推車上的書拿下來，堆在莫迪沐四周的地板上。他閉上雙眼。

好聞的書本香氣，他的心說。

他想到那座圖書館，以及身爲幼貓時的歲月。

莫迪沐和妹妹佩塔妮亞很愛玩他們專屬的遊戲。「圖書館的老闆」是佩塔妮亞最喜歡的一個，規則很簡單：爬最高的就是贏家。有二十四隻腳趾的莫迪沐是攀爬高手，可是他很少能贏。佩塔妮亞總是爬得更高。她每隻腳掌也有六根腳趾，就跟他一樣。他還記得她的臉龐，從最高的書架上，在老圖書館的書堆中，往下對著他微笑。

佩塔妮亞曾經成功攀上圖書館藍色大門的頂端！莫迪沐依然閉著雙眼，沉浸在回憶中。佩塔妮亞就像個得意洋洋的美麗雪球，一路逼近天花板。一顆卡住的雪球。

當時，史卡金小姐必須站到椅子上，才能把她救下來。

史卡金小姐是莫迪沐的最愛，她的擁抱永遠不會太緊。

這些愉快的思緒被艾兒打斷了。

「親愛的貓咪！」艾兒抓著自己的筆記本。他看到艾兒在圖書館推車上畫了很多記號，再次把所有的書本堆了回去。亂七八糟的。

艾兒的臉頰紅通通的。「我們要把史卡金小姐叫醒，」艾兒告訴他，「沒時間可以浪費了。」

他跟著艾兒上樓，然後又回到地下室，史卡金小姐現在睡眼惺忪地跟在他們後面飄盪。「我剛剛正在做一個好愉快的夢，」史卡金小姐對艾兒說，「我夢到我去看電影了！我相信是在葛蘭特維爾的戲院。他們的爆米花好吃極了，我親愛的。你一定要去試試看，請一定要。」

艾兒塞了一盤蘋果瑪芬蛋糕給她，並說：「我有個計畫，而且我需要一個人負責把風。」

莫迪沐意識到艾兒和史卡金小姐打算把圖書館推車推到外頭時，已經將近黎明。

外面！他告訴自己。

她們要把它帶走了，他的心說。

就莫迪沐看來，這是個糟糕的點子，他也跟她們說了。最後史卡金小姐指著他，對艾兒說：「你有記得餵親愛的貓咪晚餐嗎？牠一直喵喵叫！」

艾兒說：「我餵了啊，也許牠只是想聊天。」她傾身湊向莫迪沐，並說：「你是在說很重要的事情吧，親愛的貓咪？」

好累人啊，莫迪沐暗想，一定有別的方法。因爲他並不希望圖書館推車到任何地方去。然後，在他還來不及計畫怎麼因應以前，艾兒已經將推車推向地窖門，史卡金小姐就跟在她後面。

他該怎麼辦？這臺推車上的老書是他頭一個家——他的圖書館——唯一殘存下來的東西。他對自己幼貓時期和佩塔妮亞的快樂回憶，也只剩這些東西可以代表了。

都是我的錯，他的心說。

現在她們幾乎要走到門口了。

莫迪沐喊道：「住手！」然後從地板跳到圖書館推車的頂端。

可是推車繼續移動。莫迪沐外表看起來雖有分量，但大部分是蓬鬆的毛髮，他的體重只有九磅[1]左右。

艾兒哈哈笑。「我們走囉！」

莫迪沐這輩子不曾覺得被這麼嚴重地誤解過，可是他面向前方，留在推車上。

我的圖書館！他的心說。

是殘存的部分，他提醒自己。

外頭一片陰暗，莫迪沐看著艾兒跪在草地上，拆解這臺圖書館推車。

他的圖書館轉眼間變成碎碎片片。到頭來，他還是保護不了它。

艾兒又鋸又搥又黏。

莫迪沐看得肚子都痛了起來。

接著，艾兒指著幾步之外用毛巾裹住的一捆東西。「猜猜裡面有什麼？」

她問莫迪沐。

「不要弄破那些書，」他告訴艾兒，「請不要傷害任何書本。」

「我也跟你喵喵喵！」艾兒邊說，邊將裹著毛巾的包袱拉過來。

莫迪沐看著艾兒。她認爲莫迪沐聽不懂她在說什麼，這點有時不免讓莫迪沐覺得氣惱，明明是艾兒聽不懂他說的話。

「是門！」艾兒說，從毛巾包袱裡抽出一個方形木塊和玻璃。

艾兒手裡那個東西看起來很眼熟。接著他明白了：是家裡水槽上方的那個小櫥櫃。是起司櫥櫃的門！艾兒把櫥櫃門從鉸鏈上拆下來了。

更正：她連鉸鏈也一起拆了下來。

現在，艾兒從洋裝口袋拿出一把螺絲起子。

莫迪沐走去跟史卡金小姐坐在一起。「噢，好，」史卡金小姐說，「你可

1 大約四公斤左右。

以跟我一起把風，如果你看到有人走過來，就喵兩聲吧。」

莫迪沐嘆口氣，希望他們可以快點回家。

艾兒用偷來的起司櫥櫃門組好小圖書館時，天空還只是有點矇矇亮。

莫迪沐累了。他跟在史卡金小姐和艾兒後面走回家，可是抵達他們家的前廊時，莫迪沐意識到他沒辦法進去。

我沒辦法把我的圖書館丟在外頭不管，他的心說。

是殘存的部分。

莫迪沐轉過身去，步下階梯，漸漸走遠。

我的圖書館，他的心說，還需要我。

3 依凡

五年級最後一個星期一的早上，依凡爬上從家裡通向馬丁維爾鎮上綠地的土路，他的學校就在那邊。

用「爬」這個字，是因爲那條路大多是長長的山坡。

4 艾兒

現在，抓穩囉（我本來想說「握住我的手」，但我們都知道這是不可能的事）。

故事的視角已經轉移了——離開六趾貓咪莫迪沐，現在正看著五年級男孩依凡。

有些人眞的很討厭這樣。

可是，依凡和莫迪沐住在同一個城鎮。其實呢，他們正要相遇，就再一下下。

我也住在馬丁維爾，這些事情都發生在這裡。

事情很快就會說得通了。

5 又是依凡

就在前方，依凡看到那棵木蘭樹，表示上學的路程已經走了四分之三。他看了看手錶，稍微跑步一下，替自己爭取了五分鐘的空閒時間。依凡喜歡創造空閒時間，然後按照自己的意思度過。

他背抵著那棵樹的樹幹，往下看著剛剛爬過的山坡。那是馬丁維爾「比較樸實」的地區：土路，既沒有人行道，也沒有路燈。對依凡來說，這裡是這個城鎮最美的地區：有很多的樹木、大片的天空，而且夏天就快到了，一切都覆蓋在明亮的新綠裡（春天時，這邊的馬路通常滿地泥濘，依凡就沒那麼喜歡了）。

他從背包拿出兩顆蘋果和日誌。這些蘋果不是賣相好的「店面蘋果」。它們的外表不會亮亮的，不管他搓了它們多久。它們是從他家後面的蘋果樹來的，而蘋果樹是依凡爸爸的曾祖母之類的人種的。外皮不亮的蘋果凹凸不平，尺寸有點偏小，所以依凡拿了兩顆。

有時候，在學校食堂裡，其他小孩看到依凡的蘋果都會說「哎唷」，所以他喜歡在上學前吃。而且它們好吃極了。

依凡找到自己的筆，翻開日誌的空白頁，等著點子浮現。歐尼爾老師說想寫什麼都行，只是他們每天都應該**寫點東西**。

他等啊等，可是沒有任何點子浮上心頭。

他想到的是那天一大早的時候，凡德貝先生——算是某種生意人——早餐前出現在依凡家的前廊，要求他爸爸退費。

「你幹了什麼好事？把牠們送去度週末嗎？」他透過前廊和廚房之間的紗門喊道，「你應該殺掉牠們的！」

凡德貝先生家裡的老鼠，在依凡爸爸應該「殲滅」牠們之後三天回來了，現在，凡德貝先生說，他要請「眞正會除害蟲的」來做這份工作。

「退錢！」凡德貝先生透過紗門吼道。

依凡的爸爸在桌邊坐下，寫了張支票退款給凡德貝先生。

其實，依凡知道爸爸一隻老鼠也沒殺，只是用小籠子困住牠們，載到山上去，然後放進樹林裡。

「我不知道牠們爲什麼不好好待著——那裡明明是個不錯的小森林。」等凡德貝先生拿著支票離開以後，依凡的爸爸嘀咕著，「那裡有充足的莓果和各種東西。」

「會不會是因爲有太多貓頭鷹的關係？」依凡的媽媽猜想。

「嗯。」爸爸說，重重踩著通往地窖的階梯，到辦公室去。

這個對話他爸媽以前已經有過許多次。

有很多人都來要求退費。

依凡的背抵著樹幹，吞下最後一口蘋果，望著雲朵飄過柔和的藍色天空。

那些雲朵是羽毛型的那種。依凡的爸爸在他們到野外露營時，教了他一些關於雲朵的知識。

他將日誌撐在屈起的膝蓋上，開始寫：卷雲永遠很高很高，絕對不會在低低的地方。對我來說，它們看起來就像羽毛，嘗起來就像熱可可，聞起來就像殺蟲劑。卷雲可以移動得很快。

他知道自己聞不到雲朵，但它們讓他想起跟爸爸一起去露營，盤腿坐在睡袋上，喝著早餐的熱可可。依凡很愛總是漂在頂端的熱可可粉小泡泡。他們喝完熱可可的時候，就會用同一個杯子泡即溶麥片。然後爸爸就會說：「我們去找步道健行吧。」

他並沒有把所有事情都寫下來。他將兩個蘋果核丟下山坡（這不是亂丟垃圾，爸爸總是說，因為會有惜福的動物拿去吃掉），將日誌塞進背包，然後站起來，披上想像的斗篷。

沒人知道這件斗篷的事。「它」是爸爸在依凡讀幼兒園的時候送給他的。當時，每個小朋友早上在教室門口都要跟大人說再見，依凡卻很難辦得到。

這些年來，依凡一直留著這件想像的斗篷。如果這件斗篷是眞的，他心裡很清楚它看起來會是什麼樣子：紅色毛氈三角形，有兩條拉繩可以綁在身上。

現在一定太小件了。依凡其實是他這個年級裡身高最高的孩子，而且他真心喜歡上學。但他也喜愛自己的斗篷。

他再次查看手錶，轉過身去，大步走向學校。

當他快步走到鎮上時，頭一次看到了那間街頭小圖書館。隨著他爬過最後一段山坡，圖書館在他眼前，一點又一點地漸漸升起。依凡並沒有馬上意識到這是一間圖書館。他只看到了圖書館的背面：木頭長方形，用一根桿子撐著。是新的標示嗎？還是某個人的藝術作品？

他走得更近時，看出眼前是個箱子。他越過街道，踏上綠草如茵的城鎮綠地，繞著它走了一圈。

啊哈。

這不只是用桿子撐起的箱子，桿子上方的箱子側面有一組小玻璃門。

而玻璃門後方有書。

上學的時間還沒到。這個奇怪的書箱附近還沒有其他人，只有一隻美麗的大橘貓躺在書箱下方的陰影裡。

「我認識你。」依凡說。他真的認識這隻貓——依凡的媽媽都叫牠小金。早上的時候，小金通常坐在馬丁維爾「歷史之屋」樓上的窗戶裡，歷史之屋距離這裡大約有五十步。在這之前，依凡從未在外頭看過這隻貓，可是他很確定是同一隻貓。

「你在這裡幹麼？」依凡問。貓仰頭對著太陽，睡眼惺忪地眨眨眼。

依凡將注意力轉向那個裝了書本的滑稽箱子。

他一拉，玻璃門輕鬆打開。有個氣味飄了出來。

這個味道聞起來像……蘋果醬？還有……起司？可是最主要是蘋果醬。

奇怪。可是味道還滿好聞的。

有個小小的手寫標示就貼在裡面的單一架子上：

拿走一本書，留下一本書，或者兩件事都做。

依凡吸進蘋果醬（起司？）的氣味，吸——吸——吸到身體再也沒有空間可以容納更多空氣。

拿走一本書，留下一本書，或者兩件事都做。

依凡決定拿兩本書。最小的兩本，他想說，這等於拿一本。他看也沒看，就將書塞進自己的背包，然後小心地關上玻璃門。不過，那個氣味似乎一路跟著他到學校。

那隻貓留在原地不動。

6 莫迪沐

莫迪沐只睡了幾小時，對貓來說遠遠不夠。他對著男孩眨眨眼，男孩現在正打開小圖書館的門。

男孩是圖書館的第一位訪客！他召喚全身的力氣，坐了起來。

這個男孩是依凡，他想起來了。就像他的聽力，莫迪沐的記憶力也非常好。莫迪沐長時間坐在歷史之屋樓上的窗前，對馬丁維爾鎮民有不少認識，包括大多數人的姓名。

他看著男孩讀著艾兒的手寫標示。拿走一本書，留下一本書，或者兩件事都做。

一張臉，莫迪沐想，原來也可以是一個問號。

出乎意料地，莫迪沐感覺自己小小的心臟怦怦跳。他希望這個頂著一張問號臉的男孩可以拿走一本書。

依凡的手快速探進圖書館。

很好，莫迪沐的心說，很好。

莫迪沐看著依凡越走越遠，覺得自己的疲憊感再次湧上。可是看到艾兒——現在正端著他的餐盤越過草坪走來——給他帶來了力量。

7 艾兒

我等著親愛的貓咪回家來。

但牠遲遲沒回來。

最後，我把牠的早餐端到外頭。昨天我們都過了一個漫長的夜晚，而每個漫漫長夜都應該用一頓豐盛的早餐畫下句點。

8 依凡

五年級的課程只剩下一週，但歐尼爾老師還是督促學生努力學習到最後。大家怨聲連連，但依凡很愛歐尼爾老師。他會設計最棒的數學遊戲，而且如果學生不想要，他也不會勉強大家公開自己日誌的內容。

依凡想到明年就要去上中學[2]，肚子側面有時候就會有點痛痛的。現在唯一能保護他的，就只有即將到來的夏天了。

「你有沒有看到那箱書？」早上一碰到拉夫，依凡立刻問，「在綠地

2 美國的小學只到五年級，六年級就是中學了。

上？」

拉夫是依凡最好的朋友。從幼兒園起，他們每年都讀同一班。

「那叫做街頭小圖書館。」拉夫說。

「很怪，對吧？是哪裡來的啊？」

拉夫嘆口氣。「我沒機會靠近看。」

拉夫的爸媽不准他獨自越過主街，所以他沒靠近看那箱書本——街頭小圖書館。依凡的爸媽私下說過，拉夫的爸媽「保護過頭」，可是這件事不該讓依凡知道的。

「打開門的時候，會有蘋果醬的味道，」他跟拉夫說，「而且小金在那裡。」

「誰？」

「小金啊，歷史之屋的貓咪。」

「你是指陽光吧，我放學以後再去看看。」爸媽允許拉夫在放學之後到城鎮綠地去，只要他比路隊志工更早離開。「想來嗎？」

「我沒辦法，」依凡說，「要趕數學習作。」

他們的數學習作星期二要交，拉夫沒提的是，他完成數學習作的速度比依凡快很多。不過這點千真萬確。

放學之後，依凡將課本傾倒在廚房桌子上，他一向都在這裡寫功課。媽媽走了進來，對著電話耳麥講話。

「很好，史隆先生，現在你看到那個綠色小點了嗎？按下去。沒有嗎？你確定你的箭頭就在那個點上面嗎？再試一次吧？啊！成功了！我就知道你會抓到訣竅的。史隆先生，你是天生好手。」

大家都說她是馬丁維爾最有耐心，也最會鼓勵人的科技支援人員。這就是她通常都在講電話的原因。依凡的爸爸在她上次生日的時候，送了她這副電話耳麥。

她對著依凡微笑，指著冰箱，意思是：「吃個點心吧。」

依凡對媽媽豎起拇指，然後翻開數學筆記。

一個半小時之後，他還在桌子邊（現在桌子放滿了他的書、半杯牛奶、兩個空布丁杯、一串香蕉皮），這時，他聽到爸爸在前廊踢掉工作靴。

「嘿，小子。」爸爸露出笑容的時候，總是讓依凡覺得不管怎麼樣，一切都會很棒。不久，爸就會到地窖辦公室去，在那裡待上幾個小時，不過，他總是會先陪依凡坐一會兒。爸爸拉出一把椅子。

他們跟對方分享了當天的新鮮事。就算今天沒什麼大事發生，不過如果仔細想想，總是有事情可說。依凡跟爸爸說起那間街頭小圖書館，也提醒他，這個星期三，五年級就要去葛蘭特維爾中學參觀了。爸爸跟依凡說，他在某人的信箱裡找到一家子老鼠。

依凡的日誌攤開在桌上，但爸爸從沒試圖偷看過，依凡很欣賞這一點。

「所以，那些街頭小圖書館的書在哪裡？」爸爸問，再次微笑，在桌上尋找。

依凡將數學課本掀起來，那些書露了出來。是真正的圖書館書本，依凡領悟到，不然就是以前曾經是。書脊上有編了號碼的貼紙，就像學校的書，不過，並不是學校圖書館的書。

其中一本薄到幾乎不像書，叫做《怎麼寫一本懸疑小說》。

另一本就眞的很破舊，是給幼童讀的。用膠帶修補得亂糟糟，連書名都看不出來。依凡當初抓起這本書的時候，並沒有注意到。

依凡抬眼朝爸爸一瞥，詫異地看到爸爸滿面通紅。爸爸似乎先是僵住不動，接著突然站起身，弄翻椅子，但在椅子撞到地板前及時抓住。

「爸？」

爸爸已經在地窖門口那裡。「我有好多電子郵件要回覆，」他嘟囔，「晚餐見。」

依凡盯著爸爸的背影，聽著他的大腳丫重重踩著下樓的階梯。依凡伸手去拿那本膠帶補強過的書，翻開來。在破損的封面上，有個裝借閱卡的小袋，就像學校的書那樣。只是這張借閱卡的頂端印著**馬丁維爾圖書館**這些字。

怪了，已經沒有馬丁維爾圖書館這個地方了啊，再也沒有了，鎮上的每個人都知道。馬丁維爾圖書館在好多、好多年前就已經焚毀了。

依凡從袋子裡抽出借閱卡，上面有印著日期和姓名的欄位，每次有人借書就用一行。有個名字一次又一次寫在那裡。

他翻動卡片，檢查正面和背面。

都是同一個名字：**艾德華．麥克蘭**。

那是爸爸的名字。

他望著地窖門，爸爸剛剛留了個縫。敲打鍵盤的聲音傳上階梯。又接到兩件鼠患的申訴，媽媽告訴他。不管爸爸把老鼠趕到多遠的地方，似乎有不少老鼠都能找到回家的路。

9 依凡

依凡的臥房裡有一架老式電話機——就是前側有個圓形大轉盤的那種。他和拉夫用自己的零用錢，在某次的舊物拍賣會上買了同款的兩臺，他們稱之爲「蝙蝠電話」。拉夫的爸媽擔心他會染上「手機成癮症」，不讓他用手機。

依凡終於做完數學習作，拿著一根巧克力碎片穀物棒，癱倒在床上時，他的蝙蝠電話響了起來。

「我放學以後去瞧了瞧街頭小圖書館，」拉夫沒打招呼就說，「找到一本滿酷的舊書，在講怎麼種番茄。希望我爸媽不會跟我說，我可能會染上什麼番茄病。」

依凡把事情一五一十地跟拉夫講了：在他帶走的一本書裡面找到爸爸的名

字，而且爸爸看到以後有點急著逃開。

更正：他幾乎把所有事情都跟拉夫說了。他沒提的是，當他上樓回自己房間去的時候，心中湧現一股衝動，讓他想把兩本書都塞進床底深處。他覺得自己也許無意中發現了讓爸爸覺得丟臉的事情。

「哇，」拉夫說，「你是說，箱子裡有那堆書，你卻偏偏挑到了你爸小時候最愛的一本？發生這種事的機率有多高啊？」

這確實是個好問題。發生這種事的機率有多高？歐尼爾老師才剛上完一星期的數學課，主題是或然率，其實明天要交的數學習作就是這個（學期的最後一週，另一班五年級正在用蝴蝶脆餅和棉花糖堆金字塔）。

「你想那些書全部都是從燒毀的圖書館來的嗎？」依凡說。

「我的是，」拉夫說，「不過，只有一個辦法可以查出來。」

依凡說：「我去找你。」

他們掛掉電話之後，依凡跑過廚房，媽媽邊切紅蘿蔔，邊透過耳麥跟另一位客戶講話。依凡比手畫腳，用兩根手指走過手掌，然後指著廚房門外，表示自己要「到鎮上去」。媽媽對他比大拇指，再指指紅蘿蔔，意思是「要回來吃晚餐喔」。

依凡和拉夫不需要先講會合地點，因爲拉夫的爸媽只准他走到自家轉角，所以依凡總是在那裡跟他碰面。現在拉夫站在那裡，呼喊著疑問，依凡則用最快的速度調查對街的街頭小圖書館。

運氣不錯的是，這時接近晚餐時間，除了小金，附近沒有其他人。小金無止盡地盯著依凡看，似乎想要傳達什麼訊息給他：**你以為你在幹麼？**

「我都會放回去的，我保證。」依凡說。他把所有的書本一疊疊堆在草地上，自己坐在正中央。

拉夫攤開筆記本。「總共有多少？」他喊道。

「四十四本！」依凡回喊。

「你有沒有數兩次，確定正確無誤？」

「沒有！我數學好到可以數到四十四，沒問題的，拉夫！」

拉夫猶豫不決地點點頭。「好，開始看吧！」

依凡翻開最靠近那堆的頂端那本，找到借閱卡，仔細看了看。「圖書館的書！」他喊道，「沒有我爸的資料！」

拉夫做了筆記。

五分鐘內，依凡已經查完每本書。這些書幾乎都標記了馬丁維爾圖書館。他又花了兩分鐘把書全部放回小圖書館。整整齊齊排好之後，貓咪跳到頂端，好大的一跳。

「嘿，你沒有表面上看起來的這麼懶嘛。」依凡告訴他。「你到底是誰的貓啊？」

貓咪安頓下來，占有似地將腳掌垂在箱子邊緣，稍微遮住玻璃門。

「好，我要走了。」依凡說。「全都還給你。」

依凡走到拉夫身邊時，拉夫依然快速寫著筆記。「好了，」拉夫說，「四十四本書裡面，有四十本是從舊馬丁維爾圖書館來的。」

依凡說：「可能已經有人拿走了一堆，留下了這些。」

「有道理，然後你爸爸的名字出現在十張借閱卡上。」

「四十本裡的十本？」依凡說，「甚至不需要用到筆就可以算出來了。」

「不過，小心點總是比較好。」拉夫給他一抹微笑，用花俏的手勢圈起東西。「那些圖書館的書裡，你爸借過**四分之一**！」

「我還注意到別的事情。」依凡說。

「嗯？」

「每本圖書館的書，都在同一天歸還。」

「眞的假的？」

「眞的，卡片上蓋了歸還日期，就像在學校那樣。借閱卡上蓋的最後一個日期是一九九九年十一月五日。很怪，對吧？」

「確實很怪，也許你爸知道原因？」

「我懷疑他根本不知道。我是說，我猜他是讀過不少書，可是他又不是圖書館員，而且一九九九年的時候，他是——」依凡得想一下，「——青少年。」

「他讀過不少書。」拉夫說。

「對啊，唔，但現在沒有在讀了。」依凡說。「我想他沒有時間，他老是在忙工作。」

拉夫嚴肅地點點頭。「忙著救老鼠。」

「不是救牠們啦——」

此時，依凡被一個長長的響亮哨音、再兩聲短促的哨音打斷。那是要拉夫立刻回家的召喚。

拉夫闔起筆記本，並說：「晚餐！」然後轉眼消失不見。

一直要到晚餐過後，依凡才意識到，還有一本圖書館的書該查查有沒有爸爸的名字：《怎麼寫一本懸疑小說》。就在他的床底下，跟用膠帶補強、爸爸讀過一次又一次的那本放在一起。依凡臉頰貼在地板上，將書撈出，坐在書桌前翻開來。

借閱卡還在。就像其他那些書一樣，這本書也是在一九九九年十一月五日歸還的。這本書只借出過一次，而且不是他爸爸借的。

依凡把手伸向電話。

「H. G. 席根斯？」拉夫低聲說，「那個H. G. 席根斯？」

「對！你敢相信嗎？在馬丁維爾！」

「但那一定是個玩笑吧。」拉夫說。

「什麼意思？」

「你知道的，那本書是《怎麼寫一本懸疑小說》。所以，不管是誰借的，可能覺得用有名的懸疑小說作家H. G. 席根斯的名義把書借出去很好笑。懂嗎？」

「噢，對喔。」依凡立刻洩了氣。「你說得有道理，我好呆——這麼容易就上當了。」

「不呆啦，」拉夫趕緊說，「你正在偵探模式裡，所以必須敞開心胸，考慮各種可能性。」

「也是。」不過依凡還是覺得自己有點蠢。

「晚餐時狀況怎麼樣？」拉夫問，「你爸還是怪怪的嗎？」

依凡的爸爸沒一起吃晚餐，媽媽說爸爸因爲有人委託，出門工作去了。爸爸在救老鼠，依凡很清楚。

那晚在床上，依凡再次查看《怎麼寫一本懸疑小說》的封面。他之前不知道有這樣的書。書眞的可以教你怎麼寫出一本書嗎？老師們沒講過這件事，連歐尼爾老師也沒有提過。

他往後躺在枕頭上，在腦袋上方翻開書，畏縮了一下。有東西從紙頁之間輕輕飄下，落在他的胸口上。他撿了起來。

是一張照片。依凡瞅著它片刻，再次往蝙蝠電話伸手。

「拉夫，」依凡邊看照片邊說，「圖書館燒毀之後，他們爲什麼不重建？」

「可能因爲建造圖書館要花很多錢吧，或者是因爲要表示尊重？」

「表示尊重？我不懂。」

「因爲，你知道的。」

「我就是不知道啊，快說啦。」

「因爲有人在那場大火裡喪生了？」

依凡的心詭異地多跳了幾下。

「有人死掉？」

10 艾兒

唔，對，很遺憾，有人死了。

我可能也該自我介紹了。馬丁維爾圖書館燒成平地的那晚，當時我是那裡的助理圖書館員。

你可以叫我艾兒。

我住在馬丁維爾歷史之屋，距離舊圖書館的原址並不遠。我在大火之後，跟我的主管史卡金小姐，及她的客人布洛克先生搬到那裡去。沒有人介意我們三個人住在那邊——因爲我們是幽魂（加上貓咪），幾乎不占任何空間。

史卡金小姐總是說，我們過來這邊是很好的事情，因爲我們懂得怎麼照料這棟房子。我會保持碗盤的清潔，並且整齊有序地排在水槽上方的木架上。我會在凌晨以前清洗窗戶，到花園拍打地毯，這時不會有人看到我（我的隱形技巧不怎麼好）。我會照顧地窖裡的馬鈴薯和蘋果，確定那裡通風良好，免得食物腐爛。我也負責料理蘋果醬、馬鈴薯煎餅、蘋果瑪芬蛋糕、烤馬鈴薯、蘋果餃子、馬鈴薯泥。我缺乏料理靈感的時候，就做更多蘋果醬（幽魂吃得不多，但是確實會吃東西）。

布洛克先生也有自己的角色。多年來，他是負責掃地的人，雖然大多時候像雲朵一樣輕飄飄，但他學會抓住掃帚的訣竅。親愛的貓咪負責處理老鼠。史卡金小姐則負責照顧我們大家，她自己說的。意思是，她鼓勵布洛克先生閱讀（身為他的圖書館員），她跟親愛的貓咪互相依偎（人貓都喜歡），而身為我的主管，她老是跟在我後面走著，又是提點又是批評。

晚上，我料理完也洗完碗盤以後，我們知道一切適得其所，都在該在的地方，便一起放鬆。

只有我不在該在的地方，就像史卡金小姐喜歡說的。

我們的房子以前是馬丁家族的祖厝，馬丁家族是建造我們這個城鎮的人，裡面的一切保留了這個家族一百五十年前住在這裡的狀態。我們沒有電力，只有蠟燭和壁爐。我們的一個馬桶有沖水用的拉繩。孩子們看了老是哈哈笑（每逢星期天和星期二中午，開放大眾參觀）。

這裡對幽魂來說是棟完美的房子。

有時候，我們會聽到小孩在前廊玩耍（這裡有一條小路通往小草遍地的城鎮綠地）。今天早上，我從窗簾縫隙看出去，看到邋鞦韆上有兩顆小腦袋湊在一起，低聲說話、咯咯發笑。「我想捉迷藏的時間又到了！」我跟其他人說。

史卡金小姐和布洛克先生，對孩子們或參觀團體置若罔聞。上星期，有一班三年級生列隊穿過客廳時，他們兩個只是繼續閒聊、閱讀和喝茶，一點事也沒有。

我向來缺乏隱形的天分，所以在開放參觀日的中午和下午一點之間總是要躲起來（最近我一直躲在掃帚櫃裡）。因爲我不想嚇到任何人，尤其是小孩。多年以來，我在我們的房子裡找到了不少完美的躲藏地點。

如果我哪天受邀玩捉迷藏，肯定會是大贏家。

當然了，我跟史卡金小姐當初並沒有計畫要同住一棟房子，而我絕對不曾想像會跟布洛克先生住在同一個屋簷底下。他會在他的臥室裡，一面翻著書本一面踱步。還常常會停下腳步，猛地打開門，高聲宣布事情。

「史卡金小姐！這隻狗眞有英雄氣概！這隻狗啊，史卡金小姐，眞是勇敢！」

或者，「史卡金小姐！他們幾乎要攻頂了！終於！我等不及要知道他們會在那裡找到什麼！勇氣十足！」

或者，更冷靜地說：「史卡金小姐，我相信這三位兄弟即將長成卓越無比的年輕人！眞有勇氣！」

「勇氣」是布洛克先生最喜歡在書本裡尋找的特質。

他總是對著史卡金小姐發表感想，卻從來不對我說。我相信，他總是希望我不在家。我知道這聽起來給人的感覺如何——眞不厚道！——但布洛克先生只是在鼓勵我常出門。

我的主管史卡金小姐也認爲我太常待在家裡。世界上有那麼多重要的事情要做，她說。

可是，像我這樣的小幽魂又能對世界做出什麼貢獻呢？我問她。

如果我不在家，布洛克先生以爲下午四點誰要端起司盤給他？當然不是史卡金小姐。她已經很多年沒進過廚房了。她寧可從客廳監督我，通常都坐在壁爐旁邊的那張軟椅子。親愛的貓咪在近期離家以前，一般都在她的附近活動（當牠不駐守在窗邊，或在地窖裡巡邏找老鼠時）。他們常常共用她的椅子，而我會定時刷掃（房子裡沒有電力，吸塵器也派不上用場）。親愛的貓咪是個慰藉——尤其對史卡金小姐來說。眞希望牠可以回家來。

我不是個慰藉。史卡金小姐常說我是「考驗」，我想我們都能同意這是慰藉的相反。

多年以來，我問過她很多次，我爲什麼一定要作爲考驗。我從來不喜歡考驗，也不想要當個考驗。史卡金小姐只是翻翻白眼，就像以前我還在圖書館替她工作時那樣（「去你該去的地方！」她以前準備在八點半準時打開圖書館美麗的大門時，都這樣對我吼。我會快步走到借閱櫃臺後面。「站直身子！」她會說，「如果可以的話，圖書館員不會彎腰駝背！」於是我便挺直自己的背）。

起初，她的批評總會傷到我的感受，可是接著我明白，那只是因爲史卡金小姐個性直率。也許母親們都是這個樣子，我想像。我是直接從孤兒院過來工作的，所以我對親子關係一竅不通。

每天早上，我都會端著當天的第一杯茶到史卡金小姐床邊，幫她別上「圖書館」的徽章。她會用以前在圖書館的方式跟我打招呼：「去你該去的地方，親愛的！」

可是只要我問她，對於三個好幽魂（和他們的貓）來說，有什麼地方比這棟美妙的房子還好，她也只是怒瞪著我。

她會叫我「親愛的」，因爲她的內心深處是喜歡我的，也因爲幽魂要記住名字有困難。不過，以前圖書館還在的時候，她總是直呼我的名字，通常一面語帶責怪地指出該歸位的一推車的書，或是在腦袋上方揮著紙，抱怨我的筆跡難以辨識。

或者告訴我，她又看到了一隻老鼠。

或者讓我知道，印表機沒紙了。

或者室內露臺的電燈泡似乎蒙著灰塵。

這樣你應該有概念了。

在我們舒適的房子裡，史卡金小姐比較不在乎灰塵。當我在星期一踏上小徑出門跑腿時，她常常從前門後方出聲叫我。「昂起頭來，親愛的！抬起視線！要在世界上占有一席之地！」

我確實試著稍微抬起視線，可是，如果聽到布洛克先生「眞有勇氣！」的回音，我知道那跟我一點關係也沒有。

11 莫迪沐

在許多個夜晚，莫迪沐都能透過窗戶看見月亮，但他第一次實際走到天空底下時，還是感到措手不及。

天空！

有數不清的星星，他的心說，還有它們的光塵。

空氣！

柔軟又溫暖，他的心說，風吹得人癢癢的。

聲音！

青蛙在夜唱，齊聲歌唱，但也會輪唱。

牠們怎麼知道要在同一時間停下不唱？

眞有趣。

從幼貓時代起，莫迪沐便經常會在一個念頭竄過腦袋之後，聽到一種滑稽的回音。

有天晚上，在因為大火而分開前不久，莫迪沐問佩塔妮亞，她是不是也會聽到回音。當時他們在圖書館地下室，窩在專屬的角落裡準備入睡。

「傻瓜，」佩塔妮亞當時說，「那不是回音啦，回音只會重複。」

「不然那是什麼？」

「我想那是你的心在說話。」

「我的心會說話？」

「在某種意義上會喔。」然後，佩塔妮亞一掌貼在莫迪沐的脖子上，最後睡著了。

莫迪沐在街頭小圖書館下面的草地上伸伸懶腰，看著星辰，想起佩塔妮亞，覺得跟世界有所連結。

同時，也覺得有點寂寞。

多年以來，樓上的窗戶讓他看到了不少東西。可是，現在他不禁納悶，他的窗戶沒讓他看到的還有什麼。

突然間，莫迪沐聽到了講話的聲音。很大聲。是老鼠的聲音。

「沒錯！沒錯！」一隻小小老鼠正在說，「我就是這樣跟他說的！沒錯！我講得很大聲！然後，我不知道自己怎麼辦到的，可是我就是成功了！我放掉了。最後只剩下他自己抓著，想不通我溜到哪裡去了！」

笑聲。

莫迪沐環顧草地，最後看到三個小小身影排成一列在移動。

放掉什麼？莫迪沐納悶，只剩下誰自己抓著？可是，他知道如果他主動追問，老鼠們不是開始對他大叫，就是拔腿逃走。所以他決定安靜不出聲。

「你給他顏色瞧瞧，芬恩！」有個聲音說，「接招吧，你這隻又蠢又老的貓頭鷹！」

「其實呢，我想那是一隻老鷹。」芬恩說。

「噢，接招吧，你這隻蠢老鷹！」

「我以你爲榮，」另一個聲音說，「再過幾個星期，你就會恢復原本的樣子了。」

「是的，媽媽。」

媽媽？莫迪沐動了動。一隻老鼠媽媽。他以前從沒想過，可是老鼠當然有媽媽了。完全說得通。

「說實話，親愛的，剛剛會不會痛？」

「不會，媽媽。」

老鼠不是走向歷史之屋，所以莫迪沐盡量不去擔心那五個沒人看守的鼠門。

他試著不去想那些蘋果、馬鈴薯桶，或是布洛克先生現在沒了門板的起司櫥櫃。

他只是聆聽著，直到再也聽不到他們的聲音。

莫迪沐依然記得自己的母親，只有一點點記憶：她軟綿綿的，個性凶悍，身體大部分是灰色的，有白色的腳，看起來好像穿了襪子。

他望著星辰，希望佩塔妮亞，不管她在哪裡，也能看到它們。

12 依凡

「這種照片叫做拍立得。」隔天早上，媽媽在早餐的時候告訴依凡。「好久沒看到了。拍立得是最早推出的即拍即得相機。把底片裝進去，按下按鈕，照片就會從前面彈出來！」媽媽微笑。「不過，這張可能是全世界最失敗的自拍吧？」

「嗯，對。」依凡說。確實是。

媽媽手中的那張照片，看起來像是某人的臉龐一角無意間闖入鏡頭——半隻眼睛和一點某人的眼鏡。遠處是小小的城鎮，四周包圍著紅色和橘色的樹木。照片是在秋天拍攝的，從高高的某個地方，彷彿拍攝的人站在坡頂上，或者透過一扇窗戶拍出去？

媽媽伸長手臂，瞇眼望著那張照片。「這有可能是馬丁維爾，你不覺得嗎？我想那就是鎮政廳。」

其中一棟建築看起來的確像是他們的鎮政廳，但又不是馬丁維爾，依凡心想，有點不大對。

「太小了，沒辦法確定。」媽媽說。「你在哪裡找到這個的？」她將相片遞回來。

「夾在街頭小圖書館的一本書裡面。」

「眞的嗎？好神祕。」

「你想那些書是哪裡來的？」

「某個人的閣樓吧，我猜。把牛奶喝完吧。」

依凡一面喝完牛奶，一面納悶眞的會有人在閣樓裡放滿不同人在同一天歸還的圖書館書本嗎？他往午餐袋塞了兩顆凹凸不平的蘋果。

「五年級的最後一個星期二！」媽媽誇張地一屁股坐進椅子裡。「哇，還眞快，感覺我昨天才去幼兒園接你放學呢。你以前眞的很喜歡幼兒園遊樂區的那個塑膠城堡，在裡面玩了好久好久，記得嗎？我還得用餅乾或別的東西才能把你引誘出來。」

「我知道，媽。」他彎身匆匆給媽媽一個擁抱，作爲道別。這一個月以來，媽媽一直在倒數離畢業還剩多少時間，依凡希望媽媽別再這樣。這會讓他想到明年：校車、葛蘭特維爾中學、新老師、他從未見過的陌生孩子們。是他不願想到的一切。

依凡從來沒跟任何人說過，可是有時候，他希望時間可以慢下來。或許他們可以在馬丁維爾小學加進六年級？可以讓歐尼爾老師來教。他和拉夫就可以坐隔壁桌，雖然在現實生活中，老師們總是把他們排在教室的兩側。

這些事情都不會發生，那就是爸爸稱之爲「癡心妄想」的東西。依凡任由紗門在背後砰地關上。爸爸早上只要聽到門的砰砰聲，不管人在哪裡，總是會出聲呼喊（通常是從他在地窖裡的辦公室，那裡有個小窗開向車道）。「晚點見，小子！」或「祝你今天愉快，小凡！」

但今天卻無聲無息。

依凡在車道盡頭拔腿跑了起來。等他抵達那棵木蘭樹的時候，已經汗流浹背，而且省下七分鐘。他拋下背包，喝了水壺裡一半的水，伸手去拿日誌。可是令他訝異的是，抽出來的卻是《怎麼寫一本懸疑小說》。

昨天晚上，他讀了前三章：**背景**、**語氣**、**主角**，發現這幾章「很催眠」。可是第四章叫做**反派**，聽起來更有趣（第五章是**線索**）。依凡再次細看借閱卡，上頭唯一的名字，H. G. 席根斯，用大大的花體字母寫成。

十分鐘過後，他看看手錶，跳了起來——現在他又必須用跑的了。而且他忘了要吃蘋果。

他正準備綁好想像的斗篷時，腦海浮現一個影像：偵探的扁帽，就像福爾摩斯戴的那種。

那件斗篷**真**的太小了。

依凡用拇指指甲順著額頭中間往下滑過，調整好他（想像的）扁帽。怪的是，這個手勢感覺很自然。他綻放笑容，拔腿跑了起來。

坐在課桌前，依凡變得自在起來，他翻開日誌，盡可能整齊地撕下一頁。之前他拔腿衝刺、快到學校的時候，便決定要寫一封信。

親愛的H.G.席根斯，

你不認識我，可是我正在讀一本圖書館的書，很久很久以前，你可能也讀過。這本書叫做《怎麼寫一本懸疑小說》。至少我認為你讀過——因為你的名字在借閱卡上。你去過馬丁維爾圖書館嗎？它在我出生以前就燒毀了，所以我從來沒去過，雖然我在馬丁維爾鎮上住了一輩子。你以前住在這一帶嗎？我想，如果你住過這邊，我應該會知道，因為你是有名的作家，而這個鎮很小。我還沒讀過你的作品，可是我知道《接獲任務》這本書有改編成電影。你有沒有在裡頭演出？

明年，我就要開始到葛蘭特維爾中學念六年級了。這聽起來可能很怪，但是你有沒有拍過一張拍立得，然後夾在那本書裡面？你戴眼鏡嗎？借閱卡上真的只有你的名字。

雖然你可能不記得了。謝謝。

依凡．麥克蘭

備註1：如果你住過這邊，你不記得一個叫艾德華．麥克蘭的人了吧？

備註2：這本書寫說，反派角色必須阻礙主要角色實現他的心願。你同意嗎？

歐尼爾老師在教室後面放了個「作家通訊中心」，那裡有信封、郵票和厚紙板做成的信箱（歐尼爾老師會親自把那些信帶去眞正的郵局郵寄）。依凡在信封上寫了懸疑作家H. G. 席根斯，然後把他在網路上找到的作家地址抄寫上去。這不是眞正的地址——到時會由紐約某個出版社「轉交」。也許H. G. 席根斯先生不希望大家知道他住哪裡？

拉夫可能說得沒錯，或許將近二十年前，從馬丁維爾圖書館借閱《怎麼寫一本懸疑小說》的，並不是H. G. 席根斯本人。可是就像拉夫說過的，依凡思考的方式就像偵探，而眞正的偵探會追查每條可能的線索。

距離小學畢業還剩四天，連了不起的歐尼爾老師都沒辦法讓五年級生保持冷靜。星期五就要畢業了，興奮感持續在大家之間瀰漫，畢業典禮之後，五年級生和家人還會參加一場大型野餐——終於輪到他們了。就是這個時候，無論剛好站在旁邊的人是誰，總是有話可以說。

下課之後，歐尼爾老師要大家排好隊，然後一臉嚴肅，舉起雙手要大家安靜下來。

「走到教室的時候，」他溫柔地說，「我們每個人都要拿著一本書坐下來，深吸兩口氣，然後閱讀半小時。我們都需要喘息一下。你們暫時停止聊天，而我暫停阻止你們聊天。」

大家都笑了。一時片刻，他們還以為自己麻煩大了。能夠翻開書，讓自己的嘴巴休息一下，還眞的可以讓人鬆一口氣，即使興奮感其實不會散去。

依凡讀了《怎麼寫一本懸疑小說》十分鐘，意識到歐尼爾老師越過他的肩膀看過來。

「有意思，你這個夏天打算寫一本書嗎？」

依凡試著判斷歐尼爾老師是不是在調侃他，然後（正確地）判斷並不是。

「沒有，不過我——」依凡意識到，自己準備要說不過我算是想要解開一個謎團。

歐尼爾老師看著他。

「我在思考一些事情。」依凡說。

歐尼爾老師點點頭。「就某個意義上來說，生命就是一個謎團，讓我們每個人都成為偵探吧。」他沿著那排課桌往前走。

依凡只是坐在原地片刻，看著課桌。他意識到自己確實想要破解謎團：街頭小圖書館的謎團，還有它爲什麼放滿二十年前燒毀的圖書館的書本。以及H.G.席根斯和那張拍立得照片的謎團。

還有他爸爸爲什麼那樣衝出廚房的謎團。

他拿出日誌，翻到第一個空白頁。

我的懸案，他在頂端寫下，他會按照那本書所說的，先擬個大綱。如果那個大綱適合用來創作懸疑小說，或許也能幫他破解謎團。他將書裡的範例抄寫過來，開始塡進自己的答案。

背景：這很明顯，他寫下「馬丁維爾」。

語氣：依凡想了想，不過只想了幾秒，然後動筆寫下**不可怕**。他不喜歡恐怖故事。

主角：這本書說，「主角」就是故事追蹤的那個人——通常也是破解謎團的那個人物。有可能是專業偵探，也可能是「業餘偵探」——什麼身分都有可能——鎮上烘焙師、新聞寫手、學校校長。五年級生呢？

我，他寫下來，業餘偵探跟五年級生。他用拇指背面往下畫過額頭，調整自己的想像扁帽。

反派：「反派」指的通常是「壞人」，可是有時候並不是。可能阻擋主角去路的事情都算是，像是暴風雨或是發狂的大熊。依凡就是主角，所以他問自己，什麼擋住了我的去路？接著他慢慢寫下答案，同時有個小小的寒意爬上他的背脊：祕密。

配角：他還沒讀那一章，所以只是寫下拉夫。

犯罪：這次不是那種類型的懸案，這點倒是好事，他留下空白。

動機：依凡認為他知道「動機」是什麼意思——壞人會做出不管什麼事的隱藏原因？但那只是猜測。所以他留下空白。

受害者：空白。

嫌疑犯：空白。

線索：終於！現在他寫得很快。爸為什麼沮喪？那間滑稽的圖書館是哪裡來的，為什麼擺滿了舊馬丁維爾圖書館的書？為什麼那些書都是同一天歸還的？H.G.席根斯真的住過馬丁維爾嗎？那張拍立得是誰拍的？為什麼夾在書裡？

依凡失望地坐回椅子上，這些真的算是線索嗎？還是只是一堆疑問？

他目前最多只能想到這邊。歐尼爾老師「半小時的詳和與安靜」，在接近鴉雀無聲的狀態下過了二十九分鐘，現在他四周的說話聲音逐漸升高。依凡如釋重負地加入。

13 艾兒

星期二，親愛的貓咪還沒回家。史卡金小姐說，如果我別再端牠的餐點過去給牠，牠很快就會回來。可是我不忍心讓牠失望。

今天開放參觀，來了一班可愛的四年級生。從我的掃帚櫃子裡，我可以聽到他們拖著腳步在房間之間走動，對著我們的老式廁所咯咯發笑。我們的導覽人員貝克太太一如既往，表現得可圈可點。不過，你可以想像，這套「馬丁維爾歷史之屋導覽演說」我已經聽了很多、很多遍，有時候，我還會刻意關起耳朵不去聽。今天，我將下巴舒服地靠在膝蓋上，閉上雙眼，重溫我還是助理圖書館員的時期，其中一個最快樂的回憶：讀書會。

在我成為幽魂以前，我最喜歡的就是星期三讀書會。

在舉行讀書會的日子，即使在午餐前，史卡金小姐已經給了我五次提點和七次批評，我工作起來心情還是很愉快。三點鐘，我假裝清理窗櫺的灰塵，看著讀書會的成員一個人或兩個人結伴陸續抵達。透過大大的前窗，我看到他們因為烘焙坊櫥窗，或是文具店前門內側的漫畫書架分了心（有好幾次我問史卡金小姐，圖書館能不能設置漫畫區，結果只是招來更多的提點和批評）。

遺憾的是，我再也不記得他們的名字了。每個星期三會有七或八位「常客」，加上那個男孩。

那個男孩總是在星期三讀書會的時候來到圖書館，還有其他許多日子也會來。他總是從學校走同一條路來我們的圖書館，可是他跟其他人都不一樣。我可以看出他大多時候都沉浸在自己的思緒之中，我邊看邊納悶，他都在想些什麼呢？

起初，他幾乎看都不看我，即使捧著一堆書來到借還書櫃臺也一樣。有一次，他出現時帶著一本受損的書要歸還——他試著用膠帶修補它。他走了進來，直接把書帶到史卡金小姐那裡，她把書舉起來的時候，我差點一腳躍過我的辦公桌，想替他遮擋即將如雨滴般灑落在他身上的批評。他的臉朝著地板，但我可以看出他的耳朵已經變成亮紅色。而史卡金小姐甚至還沒開口。

結果史卡金小姐什麼都沒說，只是把那本破損的書跟其他書收攏在一起，說：「都準時歸還了，謝謝。」然後轉身離開。男孩如釋重負，對她閃過一抹——難以置信？感激莫名？——的神情，接著迅速溜進館內涼爽的書架之間。我震驚地站在原地——我有時候都忘記史卡金小姐是個心地很好的人！儘管她總是頻繁提點，還有批評我。我再一次想起母親們。我突然有個衝動，想去清理室內露臺燈泡上的灰塵，只為了逗她開心。

在閉館時間，我發現史卡金小姐伏在地下室的工作臺上，小心翼翼地用膠帶黏好那本書的書脊。「誰都看得出弄壞這本書的不是那孩子，」她說，「有可能是某個野蠻的惡霸。你爲什麼張著嘴巴站在那裡？你沒事可做嗎？」

我打起精神並說：「我剛剛清完室內露臺的灰塵了，史卡金小姐。」

她點點頭。「我希望你沒忘了那些燈泡。」

我向她保證我沒忘。

我講起史卡金小姐都講到離題了！我本來在說星期三讀書會的事。讀書會成員都是些厲害的讀者，我們聽對方講起自己正在閱讀的書籍，一起度過了美妙的時光。我們細談故事的內容、猜測接下來會怎麼發展，以及這一切給我們什麼感受。這些年輕的讀者對書本很有想法，所以我稱他們爲**大**讀者。身爲**大**讀者跟閱讀複雜的大書無關，也跟閱讀**大**部頭的書沒有關係，甚至跟讀過好多本書無關。

身爲**大**讀者，意思是對書有所感受。

我設立了一個讀書會專區，鋪上一條小地毯，然後在星期三下午將幾臺書本推車拉過來，在地毯四周圍成一道保護牆。這就是我們的讀書會房間，房門永遠對外開放。其實沒有門，只是兩個推車之間的空隙。

不過，重點是任何人都可以加入我們的讀書會——讀書會成員甚至在藍色大門附近的公告欄張貼邀請函，也在學校、鎮政廳的等候室，甚至在雜貨店的停車場張貼。「歡迎所有人來參加。」他們在邀請函上頭這樣寫著。

每個星期三，我都希望那個男孩可以到地毯上加入我們的行列，但是他都沒過來。他只是坐在圖書館兩張長桌的其中一張，總是在最靠近地毯的椅子上，但背對著我們。他通常在我們的聚會開始之前早早就定位，所以他出現在那裡，看起來（幾乎）就像是巧合。但我知道並不是。

你可能聽說過，在圖書館裡應該保持安靜，可是星期三讀書會沒有這個規定。我們連試都沒試著壓低音量，史卡金小姐也從來沒說什麼。當有人說了好笑的話（我們喜歡開玩笑），我有時候會朝那個男孩瞥一眼，如果從背後看到一點圓起的臉頰，表示他正在微笑。但他從沒過來跟我們一起坐過。

某個星期三，我從臉頰認出他在微笑，一時衝動就叫出了他的名字，然後說：「請過來加入我們！」

男孩似乎在椅子上縮起身子，用雙手捧起他那疊書（他總是隨身帶著一疊），頭也不回，匆匆忙忙離開。我非常擔心隔週的星期三他不會再來，但他還是出現了。我後來便不曾像那樣出聲叫他。

讀書會地毯就是我們的安全空間，一個可以表達想法的地方。有一天，在我分享某本對我別具意義的書之後，有個讀書會成員開口說他已經讀過，覺得無聊透頂。我聽他說，他也聽我說，沒有關係。

有人不喜歡我愛的書，我並不難過。我們內心都有各自的書本空間，不會完全一樣，也不應該一樣。讀書會成員那天照常說再見，大家都覺得像是好朋友。幾天過後，那個男孩走進圖書館。那天是星期六，他一早就到了，帶著要歸還的書。可是他不像平常那樣直接走到還書箱那裡，而是把他那疊書帶到我的辦公桌。我猜史卡金小姐提過的那個「野蠻的惡霸」又撕掉了另一本書的封面，我做好心理準備要勸他放心。他一語不發，將那疊書放在我眼前，我一本一本檢查，用日期戳章蓋在每一本的借閱卡上。沒有封面被撕破。

接著，我看到那疊書的最後一本，是我上星期在讀書會談過的，我私心特別喜愛的那本。

「噢！」我說，抬起頭，以爲會看到男孩的頭頂，因爲他通常只會盯著地板。可是這次沒有，他直直地看著我。

他用一手蓋住那本書，攤開手指，然後宣布：「才不無聊。」

然後，毫無理由地，我的雙眼盈滿淚水，我要自己千萬別眨眼睛。

一時之間，我們望著對方，他的手還保護似地蓋在那本書上。

然後他轉過身，快步走開。

從那天起，那個男孩偶爾都會把歸還的書帶到我面前。他這麼做的時候，我就知道那疊書裡面有特別的書——一本對他而言很具分量的書。我知道等我碰到那本書的時候，他僅僅只會用手蓋住，然後對上我的視線片刻。

不是所有的大讀者都想參加讀書會。還有別的方式可以分享書本，不用多少話語，或者根本無須交談。

14 莫迪沐

頭一天，有幾個人帶了一或兩本書來，然後塞進小小圖書館。其中一本書還附了張便利貼，寫著：**我五年級最愛的一本書！**那本書在幾分鐘內，就被一個四年級生拿走了。

莫迪沐覺得很滿足，事實上，那種滿足感越來越深。

第二天，星期二的午餐過後，第一箱書出現了（艾兒依然會端午餐來給莫迪沐，並且偷偷加了幾個緊緊的擁抱，但他不介意）。

那箱書是葛雷格里安先生扛來的，他是雜貨店老闆。首先，他試著把他的書塞進莫迪沐的小小圖書館，可是當他看出塞不進去的時候，便做了個決定：

他將箱子放在圖書館下方的地上。

那裡也就是莫迪沐當成床的地方，他仰頭怒瞪著葛雷格里安先生。

葛雷格里安先生說：「我可以看出你很認同，小橘，乖女孩！」

人類也真是的，莫迪沐暗想。

「替你的圖書館加個房間，沒什麼不對，我說得沒錯吧？」

莫迪沐不得不同意這一點。

經過思考之後，葛雷格里安先生小心翼翼將那個箱子翻到側面。「這樣就可以擋住雨水。」他解釋。

莫迪沐意識到，那是個裝雞蛋的木箱。他喜歡從歷史之屋的窗戶，看著農家送貨過來。每星期會有人送雞蛋到葛雷格里安先生的店兩次。

莫迪沐跳上木箱頂端。這個勉強可以接受。

那天更晚的時候，他再次聽到老鼠的說話聲。

「我聞到了起司的味道，*絕對錯不了*。我跟你們說，一定就在這裡的某個地方。」

這次只有兩隻老鼠，在月光下，以曲折的路線越過草地。莫迪沐默默看著他們越走越近。

「你聞不到嗎？現在味道更濃了！」

他現在可以清楚看到他們——兩隻的大小及顏色都相同，但並不是一模一樣。其中一隻尾巴短短的。

「噢，原來如此——是你的尾巴！」莫迪沐突然說。

老鼠們在他面前僵住身子。

莫迪沐慢了一拍才闔上嘴巴。糟糕。現在老鼠們可能會一溜煙逃跑，或是開始破口大罵。他等著看會是哪一種。但是，他們兩件事情都沒做。本能癱瘓了他們，或者說幾乎癱瘓了他們，因爲他可以看到他們渾身打著哆嗦。老鼠們前一晚聽起來那麼勇敢，還是說他們的勇敢只是裝出來的？

莫迪沐緩緩退開一步，看看這樣能不能讓他們得到舒緩。「我不是要——」他開始說，「我是說，我不會對你們做什麼的。」

「芬恩，只是牢騷鬼啦！」其中一隻老鼠說。他小小的身體明顯放鬆下來，可是芬恩依然僵硬得跟一塊板子似的。

「芬恩，」老鼠說，「好了啦，不必當一回事！牢騷鬼不會咬人。」

芬恩也不想當一回事，莫迪沐看得出來。

芬恩看起來還是很僵硬，說：「哈，好險！」然後露出無力的笑容。

莫迪沐退開一步，靜靜說話。「丟了尾巴的是你，對吧？老鷹抓著——你的尾巴？然後你逃走了？」

芬恩點點頭。

莫迪沐瞥了瞥自己的尾巴。哎唷，他想。

「對我們老鼠來說不一樣，」芬恩小聲說，「我們天生就辦得到，就像是……一種逃脫術。」

另一隻老鼠朝芬恩尾巴尖端原本還在的地方點點頭。「就在緊要關頭，」那隻老鼠說，「絕妙的一招。」

「你的尾巴會再長回來嗎？」莫迪沐問。

芬恩再一次點點頭。「我媽媽說會。」

「你們兩個會不會恰好也知道，」莫迪沐問，因爲這些老鼠懂的事情似乎不少，「爲什麼青蛙會在晚上唱歌？」

有意思。

兩隻老鼠聳聳肩。

「那我猜，你們不會知道，他們怎麼知道要在同一時間停止唱歌的？」

老鼠面面相覷。「我們從沒想過這件事。」芬恩嘟囔。

「上頭的櫥櫃裡會恰好有起司嗎？」芬恩的朋友往上指著圖書館。「聞起來眞的有起司味。」

那是起司櫥櫃的門，莫迪沐意識到，聞起來是會有起司味沒錯。「抱歉，」他生硬地說，「這是圖書館，裡面沒有起司。」

老鼠聳聳肩。「好，那我們必須趕快找到吃的，所以我們可能得走了。」

「餓了。」芬恩輕聲補充。

莫迪沐看著他們緩緩退開，轉過身，然後拔腿就跑。

他幾乎希望自己可以跟他們通報哪裡能夠找到馬鈴薯桶。

可是那會惹史卡金小姐不高興。

眞令人困惑。

15 依凡

依凡原本就預料，星期三到葛蘭特維爾中學的旅程會有更多喧鬧歡樂的聊天，而且沒人能夠坐著不動。搭巴士前往葛蘭特維爾的路上確實如此。歐尼爾老師希望能夠玩數學遊戲，可是另一個五年級老師用隨身喇叭大聲放著自己的歌單。大家放聲歌唱。巴士準備停在中學正門上方的巨幅布條「老虎加油！」前面時，歐尼爾老師正跟著高唱。

可是回程往馬丁維爾的路上，一切卻不同了。孩子們走回巴士的時候，大多都小聲說話。沒人放聲大笑。

「好怪，對吧？」巴士開上馬路，拉夫一邊翻他那副棒球卡一邊說，「星期五過後，我們永遠不會回原本的學校了。星期五之後，那就是我們的新學校了。」

依凡一直以來都想像，葛蘭特維爾中學跟馬丁維爾小學很像，只是比較遠，有不同的老師，而且有更多學生。可是它跟國小根本不一樣。首先，那裡的小孩很高大。

他們舉行了一場集會，一些快畢業的八年級生坐在舞臺邊緣，負責回答即將入學的五年級生的提問。那些八年級生人超級好。可是課堂之間響起的上課鈴響好大聲，而且走道擠滿了高大的孩子，跟他們巨大的後背包。學校食堂一片混亂。一切看起來都有點髒。

「還記得那一天，我就坐在你們現在的位置。」一個八年級生告訴他們，雙腿懸在舞臺邊緣。他不是從馬丁維爾來的，所以依凡不認識他。「我那個時候想，這裡看起來好大好怪。可是我保證——你們很快就會融入這個地方。現在，我就要離開中學了，我還滿難過的，你們可能也因爲要離開原本的學校而難過。」

他就是那種可以自在說出想法，不覺得尷尬的孩子。就像拉夫。依凡坐在第二排，希望自己可以更像那樣。他盯著那八年級生的雙腿。好長喔，而且上面有毛！他自己的腿在三年內也會長出這麼多毛嗎？他不願意去想這件事。明年，中學校車就會到依凡家門前接他上學。他再也不能沿著馬路散步上學，一面思考一面啃蘋果了。

突然，他周圍的每個人都大聲呻吟。依凡錯過了什麼！

他轉向拉夫。「發生什麼事了？」

「中學沒有下課時間，」拉夫說，「竟然沒有下課時間。」

搭巴士回家的路上，連歐尼爾老師都覺得大家有點太安靜了。

「要不要玩個地理遊戲啊？」他呼喚，於是他們一排排玩了起來。「亞利桑那」、「阿拉巴馬」、「阿肯色」、「西雅圖……」[3]。

巴士爬上山坡時，依凡望著窗外。突然間，馬丁維爾出現在他們下方，城鎮綠地和三條通往綠地的馬路，規畫得井然有序。他們的學校、鎮政廳、歷史之屋、商店、城鎮附近的大房子。依凡幾乎感覺有一股痛覺再次竄上肚子，彷佛他被迫離開老家。他的視線從一棟建築移向另一棟，他的心隨之痛著。

「看吧？就在那邊。那就是它原本的位置。」拉夫用手中的一張棒球卡指著窗外。

「什麼東西在哪裡？」

「馬丁維爾圖書館啊！」依凡隨著棒球卡指出的方向望去。在鎮政廳和歷史之屋之間，稍微退後一點的地方，有一大片——空無一物的地方。那裡只有樹叢和植物，一堆竄得太高的雜草。

他往前傾身，試著看看有沒有舊圖書館的跡象，但隨著巴士駛下另一側山坡，樹木擋住了視線，眨眼間，城鎮離開了視線範圍。

「你一直知道它以前的位置？」依凡說。

拉夫點點頭。「對啊，可是我從來沒認眞想過。你知道嗎？我爸媽老是叫我別去那裡。」

3 這個地理遊戲是用美國地名英文字尾的字母，作為下個地名的首字母來接龍。

「他們老是叫你哪裡都別去吧。」依凡說，態度接近無禮。

「我知道。」拉夫嘆口氣。

有個聲音從兩個座位之前往後飄來——是歐尼爾老師。「我還是很想念它，原本是那麼棒的圖書館。」老師說。「有角樓和尖塔。藍色的大門。嘎吱作響的老式室內露臺。還有最棒的圖書館員。」

「火是怎麼開始的？歐尼爾老師？」拉夫回喊。

他們四周的孩子還在玩地理遊戲。「密西西比」、「伊利諾」、「舊金山……」。

歐尼爾老師轉過身來，一臉訝異。「沒人知道起火的原因。」

依凡和拉夫互使眼色。「眞的嗎？」拉夫說，「這也太奇怪了吧。搞不好是閃電。」

「不，不是閃電。」歐尼爾老師猶豫一下，似乎看著依凡。

他看著依凡的眼神還滿奇怪的，其實。

「火是從地下室開始的，」老師終於說，「可是沒人知道是怎麼發生的，無法確定。我是說，那場火不是任何人的錯，這點我很確定。」

「你又是怎麼確定的？」拉夫說。

「那是個美好的地方。」歐尼爾老師說，彷彿已經回答完問題，然後轉過頭去。他們只能看到他的後腦勺。

「你不能說『菲利』[4]，」他們背後有人在爭論，「你必須用正式的名稱。『費城』。你只是爲了給我一個Y！沒有東西是Y開頭的啦。」

然後，孩子們開始紛紛吼出Y開頭的地名，畢業前最後一個星期的興奮感又回來了。

當巴士駛進學校停車場時，拉夫的爸媽都站在那裡等待。拉夫從車窗對他們揮手，他的腳才踩到地上，他媽媽就將拉夫一把摟入懷裡，彷彿拉夫離開了整個星期，而不是一個下午。

4 Philly，費城的暱稱。

「如何？」拉夫的爸爸說。

拉夫說：「滿好的啊。」然後揮手跟依凡道別。

其實那裡擠了一小群家長，但依凡連找都沒找自己的爸媽。三年級快讀完的時候，爸媽就已經相信依凡可以自己回家。

不過，他聽到拉夫呼喚。「嘿，小凡——你爸在那邊！」拉夫指著對街。

爸爸站在城鎮綠地的邊緣，跟其他家長隔開一段距離。他站在一棵樹底下，微微彎著腰，彷彿那個空間對他來說有點太小。

「爸！」依凡呼喚。他看到爸爸在一群孩子裡找到他，然後綻放笑容。依凡跑步過去。「我不知道你要過來，嗨。」爸爸用一隻大手搭在依凡的腦袋上。「我恰好在鎮上，看到大家都在等，所以想說你們的巴士就快到了。葛中如何？牆壁還是薄荷綠的嗎？體育館聞起來還像地板亮光劑嗎？」

「是，都是，而且鈴聲好吵，食堂很噁心。我很高興今天不用在那裡吃午餐。」

爸爸哈哈笑。「夠了，你都害我想念起葛中冷凍魚條的特殊味道了！不管你相不相信，越吃會越對味喔。」

「艾德華？」歐尼爾老師正越過馬路，走到他們站立的地方，「可以占用一點時間嗎？」

「當然，一切都還好嗎？」

「噢，當然，」歐尼爾老師說，「一切都好，只是有一件小事。」

「等我一下下，依凡！」爸爸說，然後跟著歐尼爾老師走到飲水機那裡。老師喝水喝了好一陣子，最後抹乾嘴巴，壓低嗓門說話。爸爸只是聽著。接著，老師遞了個東西給爸爸，他塞進後側口袋。

「怎麼回事？」爸爸回來的時候，依凡問。

「沒什麼好擔心的，小鬼。」

「又有人申訴鬧鼠患嗎？」

不知怎地，這一問逗得爸爸笑了。依凡不覺得鼠患的申訴有什麼好笑的。他原本也不知道爸爸覺得這種事情很好笑。

「沒有，只是一些……嗯，文書工作。」

「噢。」

文書工作？

16 艾兒

地下室少了那臺圖書館推車之後，這棟房子感覺不一樣了。我們也不一樣了。親愛的貓咪還跟著那些書本待在戶外。而現在，突然間，布洛克先生握不住掃帚了，掃帚直接穿透了他的手指。

還有一件事：晚餐的氣氛變得很肅穆。多年以來，布洛克先生在晚餐時間總是跟史卡金小姐興高采烈地聊書，昨天晚上卻只是怔怔盯著他的馬鈴薯，或是悲傷地望著大腿上那本書。

他大聲吸吸鼻子，說：「史卡金小姐，這個故事裡的年輕女子遭到很不公平的對待，非常不公平！我真希望自己幫得上忙。可是我想你會告訴我，我只是個幽魂罷了。」他一臉憂愁。

「也許這位女子的未來比你想得還要璀璨！」我說，試著逗他開心。其實，前一天布洛克先生才跟史卡金小姐說了這本書的結局，所以我知道自己在說什麼。可是，一如往常，他假裝沒聽到我說話。

「事情會好轉的，」史卡金小姐說，輕拍布洛克先生的手，「我確定。」她試著拿起茶杯，我看到她的手指穿過手把好幾次，最後才好不容易握住。

「我想你說得對。」布洛克先生說。「幽魂只能懷抱希望，我想。」他長嘆了口氣。「眞有勇氣！」接著他頓住，臉上浮現懷疑的神情。「可是，史卡金小姐，我突然有種非常奇怪的感覺：我讀過這本書。」布洛克先生的肩膀一垮。「我肯定全都跟你說過了吧？之前？」

我和史卡金小姐互換眼神。

「而我每一次都聽得很享受！」史卡金小姐說。

布洛克先生以前都會記得自己讀過的每本書。多年以來，我從葛蘭特維爾的圖書館接過幾百本他借的書回來。可是近來，他開始反覆讀同一個故事，卻完全沒注意到。

「可是這多棒啊，布洛克先生，」我小聲說，「能夠讀你最愛的那些書，而且感覺彷彿是第一次讀到！我還滿嫉妒的呢。」

他很會假裝看不到我，也聽不到我。但是這會兒，他稍微坐直身子，盯著史卡金小姐，勉強擠出一抹淡淡的笑容。「我是個幸運的人。」他宣布。

史卡金小姐繃著額頭，看起來幾乎很苦惱。

「他還好嗎？」我低聲說。

「親愛的，」她壓低嗓門說，「這不可能永遠持續下去，你知道的吧。」她不耐煩地打打手勢。她指的是餐桌？還是圍坐在桌邊的我們？我忖度她是不是不滿意我做的晚餐。我連續好幾天晚上都弄烤馬鈴薯。

「什麼不能持續下去？」我問她，「你講的是布洛克先生的書？還是馬鈴薯？」

「馬鈴薯！」她情緒爆發，「這跟馬鈴薯有什麼關係？我講的是我們。我們沒辦法再待多久了，親愛的！」

只要她開始說這種話，我就假裝沒聽到。這個作法是我從布洛克先生那裡學來的。

他們早早上床就寢，我則熬夜擔心（然後清洗碗盤）。看到史卡金小姐心情那麼差令我痛苦，但當你不知道問題在哪裡的時候，要解決是有困難的。

於是，我醒來之後決心要讓今天很美好。我替史卡金小姐泡茶，放了兩塊方糖在她的碟子上，爬上樓梯，敲了敲她的房門。

「進來！」她吼道。

我掛上燦爛的笑容，走進她的房間。

她坐在床上，把弄著別針。

「怎麼就是弄不直！」她說，「眞是難搞的東西！」

我溫柔地從她那裡接過別針，替她固定在襯衫上。「好了，」我說，「完美服貼！然後，你的茶在這邊。」

她嘆口氣。「謝謝你，親愛的，我今天只是有點累了。」

她的圖書館員別針——從我們還在圖書館的時期留下來的——是個難搞的

東西？我以前從沒聽她抱怨過。我用兩根手指摸了摸自己的別針，希望這不是另一件起了變化的事物。

我隨手關上史卡金小姐的房門時，聽到下方傳來急促的敲門聲。我的心一跳，急忙衝下樓梯，打開前門。

不見任何人影。只有一個小小的紙袋，我撈了起來。

我知道袋子裡有什麼：我最愛的午餐，是黑麥麵包三明治，夾了鮪魚、醃黃瓜和生菜。我還在圖書館工作的日子，每個星期三都會收到這份三明治，但是，我從來都來不及看到是誰留給我的。

我面帶笑容將三明治帶到冰箱那裡。接著我轉念一想，早餐吃鮪魚有什麼不對的？（尤其在吃了一整個星期的馬鈴薯之後。）於是，我坐在這裡吃著三明治，再次想起那個親愛的男孩。之所以會這樣，肯定是因為稍早為了圖書館別針陷入忙亂的緣故。

很久以前的某一天，我還在逐漸認識他的階段，於是我請史卡金小姐給我一點建議，我能不能做更多事情，讓親愛的男孩多敞開心胸？讓他想在星期三讀書會的時候，跟我們一起坐在地毯上？

史卡金小姐說：「他母親去年夏天過世了。我的建議是，他想坐哪裡，就隨他坐哪裡。」

「噢。」我說。她給我一個理解的表情。

史卡金小姐知道，我自己也沒有母親。事實上，我對母親或父親毫無記憶。住孤兒院的那些日子，有時候有人會說，對我們這些人而言，不記得父母才是幸運的。可是，我無法確定這點是眞是假。

我確實不會像其他孩子那樣思慕我的父母。但「父母」不就是人生方向的起源嗎？如果人生是一條線，通向某個地方，那麼，父母不就是人生之線的起點嗎？

即使那些不喜歡自己父母的人，像是我有一兩個孤兒院朋友如此聲稱，也都有個「源頭」。

可是我呢？

有人跟我說，我可以創造自己的「源頭」。

「儘管發揮想像力！」孤兒院院長告訴我。「所有想像都可能是眞的。任何事！」

可是，我不知道從哪裡開始。我的父母是農夫嗎？雜技演員？醫生？間諜？水手？馬場主人？

他們是好心？粗心？自私？勇敢？壞心？美妙？

我會躺在床上任由想像力奔馳。這件事做起來眞不容易。一旦學會怎麼閱讀，我寧可看別人想像出來的故事。

首先，我讀了孤兒院圖書室裡所有的故事，然後找到院內其他藏書的地方。我們的廚師在臥室裡有一批精彩的書籍——她留著她小時候熱愛的每本書。我到廚房「幫忙」的期間，逐步讀完她架上的每本書；「幫忙」的意思是，偶爾用一手拿湯匙攪拌湯，另一手拿著書看。

接著，到了三年級，我發現了那家公共圖書館。我領悟到那裡有很多、很多書本（在那之前，我都有點擔心沒書可看）。在孤兒院，我們每個人都有一把手電筒。我開始拿著自己的手電筒熬夜熬到很晚，讀到眼睛都張不開，這讓我通常沒把手電筒好好關掉。幸運的是，我知道電池放在哪裡。

後來，孤兒院院長發現我在幾乎空了的電池抽屜裡撈撈找找。她溫柔地告訴我，接下來我必須開始替自己找電池。

「那我們到電池圖書館去，」我告訴她，「我會需要很多。」

她哈哈笑。「什麼？」

「電池圖書館啊。」我堅持，對她搖了搖我的手電筒，「去借電池。」

原來沒有電池圖書館這種地方。電池必須用錢購買。她解釋，電池很貴，一旦用完，耗光了電力，就沒辦法再使用。

頭一次，我想到書本並不會被耗光。書本的力量是由讀者賦予的，對吧？書本可以反覆再三地閱讀（只要沒人讓它們掉進湯裡面。這種事發生過一次）。

可是我依然需要電池。

院長說，我給了她一個點子。她現在願意借我買電池的錢，我可以之後再還她。

「我該怎麼做？」我問她，「我沒有錢可以還你。」

她說等我年紀大一點，可以找份工作。既然我那麼喜歡書本，也許我可以在圖書館找份工作。事情也就這麼發展了。

我的頭一份工作是在我們的市立圖書館，那棟建築大且老舊、不大乾淨，擠在一家小銀行和更小的五金行之間。對我來說，那間圖書館看起來總是像個雙臂被縛在背後、渾身髒兮兮的巨人。我只能在放學之後工作，因爲我才十三歲。我多數時候負責拖地，然後充滿渴望地看著我的青年同事，他們負責在借閱卡上蓋章、嘎吱嘎吱地推著裝滿書本的推車、對著客人說話。（談書！）後來我才知道，他們是**助理圖書館員**。

我拖著地，清掃廁所。沒人跟我說話。

可是，我享有使用圖書館的特權，還能領到買電池的錢。

17 莫迪沐

馬丁維爾街頭小圖書館的第二個主要擴張工程，就是由兩個三年級生——潔西卡和維妮D（莫迪沐記得，不能跟五年級的那個維妮R混淆）——拉過來的舊紅色玩具手推車。

潔西卡和維妮D將她們推車上的書分成三部分，放上美麗的手寫標示：馬故事、狗故事、其他動物故事。

竟然沒有貓故事！莫迪沐想要狠狠瞪著她們，可是她們搔著他的耳後，他做不出那種眼神。

她們離開的時候，維妮回頭對他呼喚：「我晚點會再來喔，貓咪！跟我爸爸一起！」

太陽開始下沉，莫迪沐在草地上伸懶腰，聽著提早開始夜唱的青蛙。有好幾本動物書已經被拿走了（兩本狗書、一本馬書），另外有幾本書被加進了蛋箱。即使下午有幾本書被拿走，起司櫥櫃門後面也沒剩多少空間。不過，圖書館運轉順利。

他看著他家大門，納悶他的晚餐什麼時候會出現。

前廊的門開了。艾兒東張西望、左看右看，端著莫迪沐的晚餐餐盤，匆匆越過綠地走來。莫迪沐站起來，準備接受她的擁抱。

但是，艾兒並沒有擁抱他。圖書館似乎讓她看得出神。

「瞧瞧這個，」艾兒低聲說，「圖書館慢慢長大了呢！」她細看那個紅色玩具推車，手指一次摩挲著一本書，對著小女生們製作的標示發出柔聲低呼。

莫迪沐開始納悶，艾兒還要多久才會放下他的餐盤。

「抱歉！」艾兒說，瞥見他的表情，「我猜我興奮過頭了。」

艾兒環顧四周，確定現場沒有別人，莫迪沐吃飯的時候，她就坐在一旁陪他。「史卡金小姐比平時飄浮得更厲害了，」艾兒告訴莫迪沐，「昨天晚上，她必須用一手抓住椅子，才能夠待在桌邊！布洛克先生則是一直弄掉書本。我在想我是不是應該擔心。有沒有專門替幽魂看病的醫生呢？你覺得呢？我又該怎麼聯絡？」

莫迪沐從沒想過這件事。貓咪可以看到幽魂，這是當然的事，可是他從沒見過幽魂醫生。然後，他的思緒被草地另一側的聲音打斷。不是老鼠，而是人類說話的聲音。

艾兒瞪大了眼睛，匆匆擁抱莫迪沐之後端起空盤。雖然滿肚子食物，但莫迪沐很高興能夠得到這個緊緊的擁抱。他看著艾兒拔腿衝回房子，將身子彎成了滑稽的姿態。

人類講話的聲音從另一個方向越靠越近。莫迪沐意識到，原來是維妮D帶著她爸爸回來了。

「你看到那個了嗎？」維妮說，望向歷史之屋。艾兒剛剛快步衝上階梯。

「有，看到了。」她爸爸小聲回答。

「你跟她講過話嗎？爸？潔西卡接受挑戰試過一次，可是那個小姐就跑開了。」

「不要捉弄那位小姐，」維妮的爸爸說，「如果她想跟我們講話，自然會說。我想她不希望別人打攪她。」

「噢，那隻貓還在！」維妮說，瞥見莫迪沐，「我就跟你說牠住這裡。」

維妮的爸爸一手抓著大大的海灘傘，另一手握著鏟子。他小心地挖了個洞，將傘柄塞進去，接著，維妮將土塡回洞裡，往下拍實，免得傘柄搖晃鬆脫。他們打開那把傘，傘面遮住了葛雷格里安先生的蛋箱和紅色玩具推車。維妮在雨傘下方的地面鋪開一條毛巾，摺了兩次。

「如果你想要，可以把這裡當床。」她跟莫迪沐說。

他們離開以後，莫迪沐在毛巾上安頓下來，這裡舒服厚實。他從那裡可以看到他所有的書本。

他很喜歡他的這張新床。雨傘遮住了視野，他懷疑會看不到星辰，不過如果下了雨，他跟書本都不會被淋濕。

莫迪沐喜歡維妮D。雖然她喜歡小狗和馬匹勝過貓咪，不過這也沒關係。

莫迪沐喜歡圖書館，他好好照料著它。

馬丁維爾的鎮民也是。

他納悶芬恩有沒有找到任何食物。

18 艾兒

我初次看到馬丁維爾圖書館、認識史卡金小姐時，同一個星期，我也開始在葛蘭特維爾上大學。我才剛剛離開孤兒院，只有十七歲。一切都感覺很新穎，也令人困惑。

史卡金小姐在報紙上刊登了廣告，說她需要一位「圖書館助手」，而她當場就雇用了我。我希望在馬丁維爾不會像在那個骯髒巨人圖書館那樣，要花那麼多時間打掃廁所。

我抵達之後不久，史卡金小姐告訴我，每讀一本新書，她就在心裡打造一個新房間。「現在，那裡有好多、好多房間，」她說，輕拍左耳上方，「可是，永遠都有空間容納另一間房。」

之後，我只要望進她閃亮的棕色眼睛，就想像另一邊有一幢美麗的大宅。

我意識到，我自己的雙眼後面也有一間大房子，可是，我想讓那間房子更大。

好幾年來，我除了去上課、打掃圖書館、讀書之外，很少做其他事情。有時候，史卡金小姐會幫忙我選書。我伏著身子吃早餐、坐公車、拿著手電筒在床上，在心裡打造一個又一個房間。

我的房子變得非常大。慢慢地，我不再擔心我「源頭」的謎團。我不必去想像善心（但貧窮）的雜技演員，或聰明（但自私）的銀行家的悲劇故事，因爲我領悟到，我的「源頭」就是自己那棟龐大的房子——我在史卡金小姐、那些手電筒電池的幫助之下，藉由閱讀書籍所打造出來的房子。就像孤兒院院長說的那樣，電池眞的滿貴的。

解決我的「源頭」問題之後，我自然就開始思考自己的「去向」。換句話說，我要到哪裡去？

答案相當明顯：我打算當個圖書館員。我跟史卡金小姐這麼說的時候，她的臉龐一亮。她走到她的辦公桌，打開抽屜，拉出一張圖書館專門學校的申請表格。

在那張申請表的頂端，她早已寫上我的名字。

19 依凡

那天晚上，依凡在刷牙的時候，電話響了。他啐掉嘴裡的泡沫，沒漱口就跑回房間。

「我開始思考，」拉夫說，「歐尼爾老師在巴士上說的事，就去查了那場圖書館大火。你猜怎麼樣？那間圖書館是在那些書本歸還的同一天燒毀的。一九九九年十一月五日。那些借閱卡上都是這個日期，對吧？」

「對，你確定嗎？」

「圖書館是在**那天晚上**燒毀的，在閉館之後。我在網路上找到一篇報導。」

依凡想起歐尼爾老師在校車上看著他的神情。

「引起火災的是什麼？」

為什麼依凡的心臟狂跳？

「我不知道。」他聽到拉夫敲著鍵盤。「上面只說來源不明的致命大火。可是網路上幾乎沒有其他報導。我只找到一份舊報紙上一個段落的PDF檔。來源不明的致命大火，聽起來幾乎像是H. G. 席根斯懸疑小說的書名，對吧？」

對，確實。

依凡抓起放在床上的日誌，翻到他的懸案大綱，看著那些字眼：「犯罪」、「受害者」、「嫌疑犯」。

也許這個就是那種懸案。

「哈囉？」拉夫說，「你還在聽嗎？」

「我再打給你。」依凡從背包裡抽出《怎麼寫一本懸疑小說》，找到那張拍立得（他一直用它來當書籤）。

媽媽說得沒錯——這就像是拍得很差的自拍。畫面有某人眼鏡的一角，半個棕色眼睛，背景是一個城鎮。

現在依凡明白，他爲什麼認不出那是馬丁維爾：因爲照片裡多了個建築物，就是那間圖書館。

這張照片夾在書裡，而這本書歸還的那一天，圖書館焚毀了。是H. G. 席根斯歸還的。當時距離他成名還很久。

這張照片是個線索，一定是！照片拍到的是H. G. 席根斯嗎？

在發生火災的前一天？

依凡試著入睡，可是怎麼也睡不著。他捻開電燈，從床邊的地板上拿起《怎麼寫一本懸疑小說》。他已經讀到配角那一章，聽起來不會太恐怖。事實上，「配角」感覺滿無聊的，也許可以幫助他入睡。

這本書說，配角包括了主角在尋找反派期間所接觸到的每個人。朋友和家人是配角，在鎮上生活和工作的人也是。他自己的媽媽就是配角，依凡領悟到。歐尼爾老師也是。還有拉夫，班上的其他孩子當然也是。這點讓他覺得還不錯。這個懸案不只跟他有關，跟整個馬丁維爾也都有關。

可是，接著他讀到了這一行：「要記得！你的『壞人』有可能是其中一個配角，但一直要到書的最後，才會知道他是壞人。」

他用力闔上書本。

要是圖書館大火是他認識的人引起的呢？

不，不可能會是馬丁維爾的居民。

因爲依凡無法想像。

但是H. G. 席根斯，或者某個自稱是H. G. 席根斯的人，在圖書館燒毀的那一天來到這裡。H. G. 席根斯在「致命火災」的那天歸還這本書。接著，就如同大家所知道的，他不曾回來過。

依凡再次盯著那張拍立得，盯著那半隻棕色眼睛。他開始覺得自己像是眞實故事裡眞正的主角。

H. G. 席根斯，依凡判定，就是他的頭號嫌疑犯。

明天，他會尋找更多線索。

20 艾兒

我們成立了祕密讀書會之後不久，我跟那個親愛的男孩同謀，要拯救一隻老鼠。

你肯定已經聽說，老鼠有時候喜歡溜進室內，不只可以取暖、有食物可吃，還可以躲開掠食者。史卡金小姐受不了老鼠。她說圖書館裡唯一可以容納動物的地方，就是在「故事裡」。可是，她爲了那隻活力充沛、灰白兩色的圖書館貓破了先例，那隻貓幫忙她將頭號敵人，也就是老鼠，擋在屋外進不來（幾年後，這隻貓生下我們自己親愛的貓咪。一開始，史卡金小姐並不高興，當然了，後來她改變了心意）。

我說過，那個親愛的男孩是個大讀者。他讀了不少書，而且更重要的是，他把其中一些書直接讀進了心裡。有一本講的是一隻老鼠的故事，那本書改變了他。他讀完之後，再也無法把老鼠當成敵人，而是伙伴生物，就像很多人眼中的小狗或馬。這就是爲什麼我跟親愛的男孩投入了救援行動。如果我記得沒錯，他叫牠任務老鼠。

有天下午，他一臉驚慌地來找我。他拒絕解釋，只是把我帶到室內露臺底下的一排排架子，接著突然停住腳步，用手指了指。

那裡有個空間，最底層的橫架下面的木頭地板微微下陷。在那裡，有如雕像動也不動，直直盯著眼前，專注程度媲美狩獵中的老虎的，就是那隻貓。

牠善盡職守。

我們做的頭一件事，就是把貓咪關進地下室的辦公室（親愛的男孩幫忙把風，觀察史卡金小姐的動向，我則負責實際的行動）。然後，我們回到老鼠洞會合。一切悄然無聲。

「等等。」男孩用氣音說。

我們等著。

沒多久，一個小小的鼻子探了出來，還有幾根鬍鬚，一雙小小眼睛，還有很可愛的耳朵。親愛的男孩伸出手，老鼠越走越近。是棕色雞蛋的顏色。

「你一直在餵牠嗎？」我低聲說。要是史卡金小姐發現了，會永遠禁止他進入圖書館的！

「她永遠不會原諒你的。」我說。

他解釋說他忍不住。他很愛這隻老鼠，而這隻老鼠仰賴他生活，就像書裡那隻老鼠依賴牠的朋友鼴鼠。「我們必須救救牠，」男孩說，「貓咪會一直跑回來，直到逮住牠。」

我遲疑起來。

「就像書裡寫的那樣。」他重複。

「現實生活跟書本不見得一樣。」我告訴他。「我們不希望老鼠住在這裡。」

「所以我們必須把牠移到其他地方。」他說。

我搖搖頭，但我沒辦法拒絕。

因此，隔天我花了助理圖書館員薪水裡的十八塊錢，買了個籠子、一袋木屑、一個水瓶。全都裝在大袋子裡，在我的辦公桌底下等候。等到史卡金小姐終於到地下室辦公室去處理歸還的書籍，我們就快速行動。

親愛的男孩用塑膠袋帶了些起司和一團花生醬，成功引誘了老鼠。

「你要怎麼跟你爸爸說？」我們關上小小籠門之後，我問男孩。

「什麼意思？」他問，因爲勝利和鬆了口氣的興奮感，而依然掛著微笑。

「我是說，」——我指向老鼠，牠全神貫注在零食上——「到時你會說老鼠是在哪裡找到的？」

他茫然地看著我，這時我才明白，他是希望我把老鼠帶回家。

「我有兩隻狗，」他解釋，「如果牠來我家，會覺得很可怕。」

於是那隻親愛的老鼠就跟我住在烘焙坊樓上的小小公寓裡，直到壽終正寢。我替牠取名爲「蛋仔」。

任務老鼠過後一週，我在我的辦公椅子上發現一個看起來像是捏皺的紙袋，中間用軟趴趴的綠色緞帶束起。裡面有隻小小木雕老鼠，有兩個小小的鐵釘頭作爲眼睛，還有黏膠固定上去的細長皮革尾巴。我捧著它，明白有人送了個寶物給我。史卡金小姐有好幾件寶物，是多年陸續累積起來的，她得意地展示在辦公桌上。但這是我的第一個。親愛的男孩！

親愛的男孩。

21 依凡

星期四早上，拉夫又來到了他家的轉角，手裡握著一罐殺蟲劑。

「把你的褲管塞進襪子！」他對依凡大喊，「裡面可能有壁蝨！」

「噓噓噓噓噓！」現在是早上六點半，他們之所以這麼早出現在這裡，是爲了避人耳目。依凡站在不遠的地方，身上噴滿殺蟲劑，眼前是一整面帶刺的矮叢。另一邊則是馬丁維爾圖書館原本所在的位置。這是他所能想到最適合尋找線索的地方。

可是，之前從校車窗戶望出去的時候，那裡感覺比現在更適合「探索」。他是不是應該埋頭硬闖進去？他第一千次希望他的死黨可以自由來去任何地方。看起來，人眞的可能會在裡面迷路。

可是依凡轉念一想，如果他一直沒出來，至少拉夫可以請別人來找他。這樣也不錯。

「你在等什麼？」拉夫喊道。他總是說，等他爸媽終於准許他自由活動的時候，他不——管什——麼都要做做看，至少就這麼一次。可是，說來容易做來難。

依凡感覺有東西蹭著他的腿。他的心狂跳一下，然後才明白只是小金，又叫陽光。「你有眞正的名字嗎？」他問那隻貓。

貓給他分成三段的喵叫聲，然後在他的雙腳之間遊走，用臉頰蹭著依凡右腳的運動鞋，再蹭蹭左邊的運動鞋。

依凡意識到自己看到這隻貓的時候，是眞心覺得高興。「嗨，貓咪。」他柔聲說。

之後他就覺得好過一點。他用拇指往下劃過額頭，將想像的斗篷束緊，這樣就不會被眼前樹叢裡的東西扯掉。然後他便撲向那片一面牆似的綠意。

他慢慢往前走，試著走直線，一邊用雙手撥開枝椏和葉片。他想像自己會在半路碰到一片空地，可是放眼都沒看見半個。依凡很難想像歐尼爾老師描述的那座大圖書館曾經矗立在這裡；在他的想像裡，那座圖書館幾乎像是城堡，有著藍色大門。但他爸爸總是說，如果所有的人類從地球上消失，很快地，你甚至不會知道他們曾經存在，因爲大自然如此強大，會在一切上面生長，扯倒建築物和橋梁……

一根細細瘦瘦但長滿尖刺的險惡枝椏纏住他的衣袖，他吸口氣，停下腳步，將枝椏解開。還有另一根攀住他的襪子，他彎下身子將它扯掉。它們是不是想抓住他？**不會的**，他告訴自己。沒有東西想要抓住他。

他直起身子時，眼前只有更多枝椏和葉子，他甚至記不得自己是從哪個方向進來的。爲什麼這件事感覺難如登天？突然間，那隻貓咪又出現了，動作輕巧地穿越樹叢走來。貓咪在依凡周圍匆匆繞了一圈，然後以一個斜角離開。

「等等！」依凡說，跟著那隻貓走。

那裡確實有一片空地，距離依凡之前佇立的地方只有幾英尺。他一踏進那片空地，就感覺自己的肺部擴張開來。他深吸一口氣，說：「哇。」

這裡有某個廢墟，跟他們在歐尼爾老師班上研讀的那種古代廢墟不同，但依然算是廢墟。石砌的地基從這裡和那裡的雜草之間突出來。依凡往前踏上一大塊正在瓦解的地基，找到平衡之後，看出如果自己畫一條線將所有的石砌部分串連起來，就會看到一個大大空空的正方形，而此時有一隻貓坐在正中央。

這就是那間圖書館。依凡從他站著的石塊上跳下來，進入那個正方形。貓咪動也不動，仰起頭，雙腳整齊地並排在一起，看起來非常自在。「這就是了！」依凡告訴貓咪，「我們就在圖書館裡！」

他幾乎感覺到貓咪對他點了點頭，就這麼一次。

這時，依凡意識到：沒有地下室。他感覺自己的心一沉。他知道這裡的建築物早已不在，但他想像至少會有地下室。按照拉夫在網路上查到的新聞報導，地下室就是起火的地點。依凡原本希望可以在地下室找到一些線索，或是一個線索。

「一定是填起來了。」依凡跟貓咪說。他順著圖書館的痕跡繞著圈子，邊走邊找線索。有些焦黑的碎塊——是金屬？還是木頭？——只是無法辨認的小小碎片。他碰了幾塊，可是看不出個所以然。他再繞了一圈，找到一枚十分錢舊硬幣。但是，沒有可以作爲線索的東西。

貓咪留在原地不動，雖然沒有眞的嚇人的東西，但依凡很高興他不是單獨一個人在裡面。

接著，他聽到拉夫的聲音。「你還好嗎？」

依凡綻放笑容。即使他的腿在中學沒長太多毛，拉夫也會在那裡。突然間，這感覺眞的很好。他回喊：「嗯！還好！」

可是，他也準備要放棄了。他碰了碰脖子上被樹叢刮到的地方，巴不得自己知道可以最快離開這裡的路線。

「幫我一個忙！」依凡喊道，「叫叫貓咪！」

「你剛剛說『叫叫貓咪』嗎？」

「對，叫牠！」

片刻之後，拉夫用前所未有的宏亮聲音說：「過來這邊，陽光！過來這邊，咪咪！」

貓咪留在原地不動。依凡走過去，納悶自己是不是應該摸摸牠。但不是所有的貓都喜歡被摸，而今天依凡已經被棘刺抓夠了。

「過來這邊，咪咪——咪咪——咪咪！」

貓咪抬頭看著依凡，然後舉起一掌。依凡意識到貓咪的雙腳之間有個東西，看起來像是……環圈？

依凡慢慢往下蹲，伸手去拿。

「過來這邊，小陽！」

依凡沒想到拉夫的嗓門可以這麼大，但他再也不在意被別人看到了。他找到了真正的線索，那一定是個線索。

「咪咪貓先生！」拉夫聲如洪鐘，「過來！」

貓咪幾乎像是一直在等待自己正式的名稱，轉動耳朵，舉起尾巴，開始輕盈地走向拉夫的聲音源頭。

依凡跟了過去，緊抓環圈上兩把髒兮兮的鑰匙。

22 艾兒

我做了蘋果煎餅當晚餐，可是昨天晚餐的氣氛並沒比前天愉快。然後，因爲布洛克先生依然抓不住掃帚，於是那天晚上剩下的時間，他都用手指蒐集塵球，然後拋出前門（門是我替他開的）。我和史卡金小姐擔憂地看著他，直到就寢的時間。

今天早上，史卡金小姐下樓來的時候，用一堆膠帶將圖書館別針黏在襯衫上。「只能用這個辦法！」她說，一手猛拍別針一下，「要不然固定不了這個難搞的東西！」

親愛的貓咪跟著我的小圖書館待在戶外，到現在已經整整三天三夜。史卡金小姐已經不再問起牠。

我覺得有必要更正一下：那個小圖書館並不是「我的」。圖書館原本就應該會漸漸成長，並且與人分享。

也許時候到了，我應該解釋一下馬丁維爾這座街頭小圖書館是怎麼產生的。唔，要解釋還滿容易的：是我打造的。

原因是這樣的。

上星期天早上，我端著茶去給史卡金小姐時，她已經別好「圖書館」徽章，起身坐在床上，臉上掛著不滿的神情。她一看到我就大大嘆口氣，再一次耳提面命，說我應該要「去你該去的地方」。

早上的第一件事！每天早上都這樣！我明明沒做錯任何事情！我只是端著她的茶站在那裡！讀者啊，請試著想像連續二十年都這樣。你難道不會偶爾失去耐性嗎？不會嗎？

我吼道：「你到底在說什麼？爲什麼這裡不是我的地方，就像這裡是你的地方？這個房子難道是你的嗎？你只是貪心想獨占這裡吧！」我大吼大叫，對著史卡金小姐。

我以爲她會吼回來，但是她竟然沒有！

相反地，她很詫異——我看得出來——而且竊喜著？

她說：「我親愛的，你是圖書館員，不是嗎？」

「你明明知道我是！」我顯然吼得還不盡興。「跟你一樣！可是你有看到我老是嘮叨說你在不對的地方嗎？沒有吧！」

她用小指將方糖攪進自己的茶裡（幽魂感覺不到燙），然後對我微笑。「我有布洛克先生。你一定要找到自己的客人，親愛的。」

我將雙手往空中一拋。「這裡又沒有圖書館！你忘記了嗎！」我已經不是用吼的了。

她又嘆了口氣。「我們一定要善用手邊的資源。」以前在圖書館，裝幀膠水或燈泡用完的時候，她就經常這麼說。我們一定要善用手邊的資源。

「可是我們手邊什麼都『沒有』，史卡金小姐，還記得吧，當初發生了一場大火，燒得什麼也不剩。我又能拿什麼都沒有怎麼辦？」

她只是看著我。

事實上，我們那座美麗的老圖書館也不算是什麼都不剩。我們還有一臺圖書館推車，以及火災那個恐怖夜晚恰好放在推車上的書本。但我不確定擁有一推車類別混雜的書本，要怎麼當圖書館員。

「不只是你，」她溫柔地說，「我們都在不對的地方。」

我覺得很困惑。我知道自己的隱形能力可能前所未有地差，於是星期日白天的參觀日躲得特別好，在掃帚櫥櫃的後側。我在那裡等待的時候，幾乎不呼吸，有個老銅鉤戳著我的頸背。我提醒自己，史卡金小姐是我的主管。我一定要認眞考慮她的建議，儘管百般重複。

所以，那天晚上，我到地下室去，經過蘋果和馬鈴薯，坐在最遙遠也最陰暗的角落，看著最後一臺圖書館推車。

就在那時，推車旁邊有東西動了。我當時嚇得叫出聲來，以爲是一條蛇，還滿不好意思的。聽到我的聲音，一張毛茸茸的臉現身了——是親愛的貓咪！

牠貼心地站在我的一隻腳上，想要討抱。

然後，牠從我的懷裡輕盈地跳上了圖書館推車。

我目不轉睛地看著。

親愛的貓咪所站的地方，就跟發生火災的那個可怕夜晚一樣。我當時將牠（當時還只是幼貓，幾乎沒比我的兩個拳頭湊在一起大）跟著整臺推車的書，一起推出起火的圖書館地下室，送到安全的地方。

在我放棄於茫茫煙霧中尋找史卡金小姐之後，在我終於發現那個親愛的男孩之前。

我沒提布洛克先生，因爲當時是閉館時間。我以爲所有的客人都已經離開，根本沒意識到他還在。

都過這麼多年了，看著那臺圖書館推車，感覺眞怪。我耳邊再度響起史卡金小姐那天早上說過的話：**你是圖書館員，不是嗎？**

就在那時發生了。有個點子開始在我腦海裡形成：**我可以打造一個新圖書館**（非常小的一個）。

我已經好久沒想到點子了，感覺眞不錯。

那天晚上，我沒上床睡覺。而是忙著畫草圖、測量、標記，蒐集要用的工具。

然後，喚醒史卡金小姐的時候到了，我需有人幫忙把風。

發生那場大火之前，我從未想過幽魂需不需要睡眠。他們需要。至少，我們需要。而有些幽魂——就像史卡金小姐——在黎明之前早早起床，並且被帶到地下室，還沒喝晨間的熱茶，正處於暴躁的情緒中。

「你爲什麼非得在日出以前完成？」她說，在潮濕的地下室地板上扭著光裸的腳趾頭（幽魂不會受到濕氣的影響）。她很清楚我的隱形難題，所以我並沒有這樣回話：「如果我在大白天出門，大家常常都會看到我！」

史卡金小姐並不知道，大家有時候會在無意間跟我說話。要是她知道有幽魂會跟活人對話，不知道會連珠砲似地給出什麼樣的批評。

但如果不回話，我會覺得自己很失禮。我通常盡量言簡意賅，在對方還沒意會到談話的對象是幽魂之前，就趕緊離開現場。

「我還以爲你會覺得高興。」我對史卡金小姐說，一面揮動著槌頭。

她一臉好奇，環顧地下室。她看到我們眼前那一推車的圖書館書本時，突然拉長了臉。「我眞心希望你會把這些書本歸回架上，親愛的！歸回架上是當務之急。想像讀者在找一本書，發現的卻是一個空格——彷彿什麼惡霸把別人的牙齒打掉似的！」

我溫柔地提醒她，圖書館已經不存在了。

「噢，對，對。」她說，不耐煩地對我揮揮手，「我想起來了。」

正如我提過的，我們眼前的這些書本，還有放這些書本的推車，就是那座圖書館僅存的東西。

「我要照顧這些書本，」我告訴她，「時候到了，這是我的計畫。」

「乖女孩，要我幫什麼忙嗎？」

史卡金小姐竟然主動要幫我忙？我內心激動到只需要用一張書籤就能把我撞倒。我好激動。但其實這也就是我帶她到地下室來的原因。

我問她會不會吹口哨。

她說會。

於是，我們一起往外踏進夜色裡。我推著推車越過草地，親愛的貓咪就坐在書本頂端，得意洋洋地面向前方，彷彿搭著船乘風破浪似的。

23 依凡

依凡原本以爲，在線索清單上寫上「鑰匙」，能得到的滿足感會更多。不過，寫下「鑰匙」這個字眼才花三秒鐘，另外四秒鐘讓他意識到（一）他不知道該拿這些鑰匙怎麼辦，（二）找到鑰匙其實也沒那麼不尋常。現在這麼一想，他發現他以前就找到過鑰匙。

有一次，跟媽媽到鎮政廳去領鎮立湖泊的夏季通行證時，他在停車場撿到了一把鑰匙。再後來，他曾經在學校食堂的椅子底下，撿到一組三把的鑰匙，繫在粉紅和綠色編繩上。他當時怎麼處理那些鑰匙呢？只是交給離他最近的成人。那些鑰匙感覺不像謎團，也許這些鑰匙也不是。

「現在呢？」依凡逃離棘刺，將鑰匙拿給拉夫看，「我們要到處去試開，看看開得了哪扇門嗎？」

「我想那樣不合法，」拉夫說，「而且這一把感覺是掛鎖在用的。」他用兩根手指掐著比較小的銀鑰匙。

「所以我們要找掛鎖囉？」

拉夫思考之後，說：「我也不確定那樣是否合法。」

白天給人的感覺跟晚上很不一樣。陽光普照的時候，依凡覺得那場圖書館火災只是有可能是一樁犯案。是的，有受害者，但他想不出會有什麼動機。而那本書說，在懸案裡面，反派的動機是第二重要的事情。

第一重要的事情，那本書說，是結局：要記得！如果你想滿足你的讀者，結局一定要伸張正義。

依凡喜歡這句話聽起來的感覺。他喜歡正義聽起來的感覺。

可是，也許這個事件沒有反派，沒有眞正的謎團。也許不是所有的人生都是個謎團——

就連歐尼爾老師都可能說錯事情。

歐尼爾老師的班級每星期四都會拜訪校內的圖書館。他們快走到門口的時候，依凡一如往常讀著用七彩字母漆在上方的文字：

> 我們閱讀，所以知道自己並不孤單。——C. S. 路易斯

學校的圖書館員修爾小姐告訴他們，爲了向學期倒數第二天致敬，這堂課會是「開放課程」：只要別大呼小叫，可以聊天，也可以在地板上看書，或是使用電腦。

大家都撲向電腦——彷彿在玩一場恐慌的大風吹。拉夫成功占住並排的兩張椅子。依凡在自己的椅子裡慶祝似地轉了一圈，然後將手指放在鍵盤上。他打了H. G. 席根斯，按下「搜尋」。

> H. G. 席根斯是美國懸疑小說作家的化名。他的第一本書《接獲任務》於二〇〇九年出版，從那之後，他每年都出版一本暢銷書。

「他的第一本書要到二〇〇九年才出版呢。」依凡說。

拉夫從自己電腦上的棒球數據統計網站抬起頭來。「誰？」

「H. G. 席根斯。那本書是在火災那晚歸還的，在一九九九年。所以，他借那本書的時候，還沒有『知名作家H. G. 席根斯』。他只是H. G. 席根斯，隨便一個普通人而已！」

「哇，對耶，這不可能是個玩笑——當時他還沒出名！」拉夫咧嘴一笑。

「我真不敢相信，竟然從來沒有名人來過這裡。」

「他還沒出名，那才是重點。」依凡將螢幕上的資訊抄進日誌裡，「上面沒說他年紀多大。如果我們知道的話，就可以推算他以前在這裡的時候幾歲，也就是二十年前。如果他當時還是個小孩呢？」

「一個叫H. G. 的小孩？」

「我猜的啦，要是他以前就住這裡呢？」

「『化名』又是什麼意思？」拉夫說，對依凡的電腦皺著眉頭。

「什麼？」

拉夫指著螢幕。「上頭說他是用化名的那種作家。」
「噢——我不知道。」
拉夫手指放在鍵盤上。「拼給我聽。」
依凡照著螢幕上的字拼給他聽。
拉夫按下去。「好……哇……」
「什麼？」
「意思是H. G. 席根斯是假的名字，筆名的意思，作者想要讓自己的身分保密時就會使用。」
「保密？這說不通啊。如果你很有名，不是會想讓大家知道嗎？」
「對嘛，而且距離成名還有十年，爲什麼需要用假名？」
「我不知道。」依凡說。
雖然他可以想到一個理由。也許H. G. 席根斯在開始寫懸案小說以前，決定引發一場火災，先在現實生活中創造一個懸案。
依凡有種感覺，之前寫的那封信不會得到回覆。

依凡找到圖書館員修爾小姐，她正在辦公桌前讀一本雜誌。

「我要怎麼查出使用『花名』的人的眞名？」依凡問。

「是『化名』吧。這要看狀況。有時候是大家普遍都知道的事情，有時候不是。」她說。「你想知道誰的事？」

「H. G. 席根斯。我需要知道他的眞名。」

「H. G. 席根斯？你想知道他的眞名？」

「對，他寫懸疑小說。」

「我知道。可是我好奇你怎麼確定H. G. 席根斯是男性。」

依凡臉一紅。「噢，我還以爲——」

「沒錯，是你的假設。可是你並不知道實情，我也不知道。其實我對H. G. 席根斯一無所知，只知道H. G. 席根斯可能非常有錢。」

「我想也許他——或她——住在這附近，很久以前。」

「眞的嗎？這倒有趣了。」

「有什麼地方是我可以找的嗎？如果要查他是不是眞的住過這裡？」

「在沒有他眞名的狀況下嗎？我一時想不出可以去哪裡查。我們這裡確定沒有，而且我懷疑歷史之屋的檔案不會有任何資料，他們只有幾樣東西——大多只是城鎮的歷史。我想不符合你的需求。」

城鎮歷史。「你想那裡可能會有圖書館火災的報紙文章嗎？」

她點點頭。「噢，對。那裡一定有關於那場火災的什麼。」她往椅背一靠，瞇眼看著他。「你爸爸是艾德華·麥克蘭，對吧？」

「對，爲什麼問呢？」

「他以前在那邊工作，所以我才問。」

「在歷史之屋？」

「不，在圖書館，那時我們在讀高中。」

「你認識我爸？」

「唔，是啊。我們還小的時候，一起參加過讀書會。」她頓住。「算是啦。」

依凡回到拉夫身邊，他正在電腦上研究番茄的事。

「沒有資訊。」他跟拉夫說。

「我們會找出來的。」拉夫說，匆匆記下關於抑制蛞蝓的資訊。「明天我比較能夠發揮作用。」

「明天？」依凡重複。

「當然，明天我們就畢業了。」

「然後呢？」

拉夫對他咧嘴笑。

「你的意思是……到期日嗎？」

「我們就要畢業了，對吧？那表示我們不用再上小學了。我們就要成爲中學生了。」

對於身為中學生的興奮感，依凡依然起不了共鳴。

可是他爲拉夫開心。

很少有人知道，拉夫非常勇敢。

事實上，就是因爲拉夫生性勇敢，才讓他爸媽這麼擔心。

馬丁維爾小學幼兒部的孩子會在他們專屬的庭院裡玩耍，院子四周圍了柵欄，這樣孩子就不會走失。這裡只是一片圍起來的草地，裡面有很多橡膠球、呼拉圈和塑膠遊戲屋。大家都喜歡那個遊戲屋。他們會在裡面及頂端爬來爬去，硬是擠過窗戶、發明遊戲來玩、互相指派角色。不知怎地，依凡扮演的角色通常是「爸爸」或「店員」，但他也想當撒野的「小弟弟」或蜘蛛人。

總之，某天幼兒園下課期間，遊戲屋裡傳來尖叫聲。依凡正站在其中一扇窗戶（他扮演的是賣冰淇淋的男人）。尖叫聲來自布魯斯．麥龍，他剛剛溜進來（扮演冰淇淋店的搶劫犯），然後注意到角落裡蜷著一條黑蛇。依凡和布魯斯趕緊從最近的那扇窗戶跳出去，滾落在草地上，拉夫卻潛入門口去勘查。

幾秒鐘之後，拉夫出現了，雙手抓著那條蛇，一路帶到柵欄那裡，往下放到另一側的草地上，大家看得目瞪口呆（連老師都是）。「是束帶蛇！」拉夫喊道，「是小寶寶，我想牠想要躲起來。」

當天下午，拉夫的爸媽就替他制訂了第一條特別規定：「不可以把蛇撿起來」。不久之後，又追加了很多條規定。

「他們就是愛操心，」拉夫跟依凡說過，「他們會忍不住想像即將發生的糟糕事情。那些規定讓他們心裡覺得好過很多。」

拉夫一直乖乖遵守規定，直到三年級，他問爸媽到期日的事。

「到期？」他媽媽立刻皺起額頭，「牛奶發酸了嗎？別喝喔！」

其中一條規定就是永遠要先檢查包裝上的到期日，才能去吃或喝東西。其實拉夫的想法就是從那裡來的。

「那些規定的到期日，」拉夫說，「我真的希望有一天可以自己過街，還有爬樹，或是不穿鞋子跟襪子踩著草地走路。」

他爸媽一臉沒把握。「唔，我猜那些規定是沒辦法永遠持續下去。」他爸爸的額頭現在也擠成一團，彷彿正在想像拉夫可能會直接衝出家門，開始撿起蛇來。

「可是，如果真的有到期日，應該還要在很久以後吧。」他媽媽補充。

「要不要訂在……中學的時候？」拉夫說。

他爸媽明顯放鬆下來。「中學！」他父親說，「好，非常好，等你成了中學生，這些規定就到期。」

他爸媽對彼此微笑，因爲在當時，中學感覺還很遙遠。

馬丁維爾小學的多數孩子都忘了那條蛇的事件，但依凡可沒忘記。他很清楚拉夫不自己過街、不爬樹，只是因爲顧慮別人的心情（這一次是他爸媽）。而拉夫不需要其他人知道這件事。

「嘿，」依凡說，「所以這是不是表示，明天畢業之後，我們就可以開始找能夠用這些鑰匙打開的門？雖然有點不合法？」

「明天。」拉夫確認，按下滑鼠並進入一個網站，叫你想知道關於肥料但不敢問的一切。「等我看完牙醫回來以後。」

24 艾兒

我才花幾個小時就打造出我的小圖書館。我埋頭苦幹的時候，史卡金小姐替我把風，而親愛的貓咪擔任她的助手。天空漸漸亮起來，史卡金小姐開始嘆氣，問起早餐的事，可是我態度堅定地表示早餐要再等等。她在把風上表現得相當稱職。她有兩次吹起口哨，因為有人沿著主街走來，我拋下手上的工作，及時躲進矮叢裡。幸運的是，天色還很昏暗，多數人都不會注意到城鎮綠地上有一堆木板和書本，也沒人過來調查探勘。

我的計畫工程結果很不錯，連史卡金小姐都表示贊同。「不過我還眞想念我們的圖書館。」她一臉哀傷。

「我也是，」我告訴她，「非常想念。」

「圖書館才是適合你的地方，」我們走回家的路上，她說，「一家大大的好圖書館。」

「離開馬丁維爾？那誰要照顧你跟布洛克先生？」

「我跟布洛克先生會好好的，」她說，「就等你去你該去的地方。也許這就是個開始。」她對我微笑。我等著她給我提點或批評，但她繼續保持笑容。

我們爬上樓梯到前廊，我把鋸子、槌子和多餘的鐵釘留在那裡。

「謝謝你幫忙。」我告訴她，然後對著親愛的貓咪伸出拳頭，牠蹭了蹭我的指節。我替貓咪撐開前門（史卡金小姐當然不會去碰門了）。

可是親愛的貓咪不肯進門來，也沒在前廊的邋鞦韆上安頓下來。牠從來不曾獨自走到比我們前廊頂階更遠的地方，現在卻快步跑下樓梯，翹高尾巴，大步離開，回頭朝著城鎮綠地走去。

「貓咪！」史卡金小姐喊道，「貓咪！」

但貓咪頭也不回地離開了。

「牠很快就會回來了。」我說，可是老實說，我的內心受到了動搖。

「我去張羅早餐。」我說。

「星期一了嗎？」史卡金小姐開始用手指數算，星期一就是我到葛蘭特維爾的日子，替布洛克先生辦理書籍續借、買些我們的生活必需品、練習我的隱形能力。可是我覺得累壞了。我看著她算數，希望她不會算對。

「是星期一沒錯！」她得意洋洋地宣布，「你要出門跑腿。我會替自己跟布洛克先生弄早餐。」

「你？到廚房去？」

「上樓去換衣服，」她說，朝樓梯揮手要我上樓，「然後你可以拿走最後一個蘋果瑪芬蛋糕，帶在路上吃。」

史卡金小姐露出慷慨大方的神情，於是我向她道謝，雖然瑪芬蛋糕想當然是我做的。

25 莫迪沐

莫迪沐身爲圖書館守護者的第四天極度關鍵。

一清早，臉上掛著問號的男孩就帶著他非常吵的朋友出現了。結果發現，他們需要莫迪沐的協助。問號臉男孩很快在莫迪沐鍾愛的失落圖書館附近高高的樹叢裡迷了路，完全看不出那裡唯一有意思的東西。莫迪沐走去站在上面之後，男孩才終於注意到。

「謝謝！」男孩當時說。

「不客氣。」莫迪沐說。老實說，對佩塔妮亞的回憶讓他招架不住。這座圖書館再也不存在了，但莫迪沐就站在藍色舊大門原本的所在地。而那些藍色大門永遠都會讓他想起個性潑辣的妹妹，佩塔妮亞，因爲她困在大門頂端的那一次。

他幾乎可以聽到妹妹的聲音。「來追我，莫迪沐，快來追我！」

都是你的錯，他的心說。

就在那時，莫迪沐很熟悉的安．貝克太太，帶女兒來到這間街頭小圖書館。安．貝克太太一手提著晃來晃去的小行李箱，另一手牽著女兒，雖然女兒現在大多可以自己走了。

「哈囉，朋友，」貝克太太對莫迪沐說，「聽說你是我們新圖書館的守護者，我帶了東西要給你。」她拿出一個貓零嘴。她在歷史之屋帶導覽的時候，常常會帶些貓零嘴來。

「謝謝你。」莫迪沐說。

「別客氣。」她說。貝克太太似乎總是聽得懂莫迪沐說的話。莫迪沐喜歡這樣。

「書！」貝克太太的女兒說。她放開媽媽的手，用雙手指著——一手指著裝滿書本的紅色玩具推車，另一手指著葛雷格里安先生的蛋箱。

「是的，甜心，是書！」

「書！」女孩重複，現在指著莫迪沐。

貝克太太哈哈笑。「那是貓咪。喵嗚。」

貝克太太在草地上打開小行李箱，拿出一條摺起來的毯子。她將毯子搖開，他們都在上頭坐定：貝克太太、她女兒和莫迪沐。就在那時，莫迪沐看到行李箱裡還有別的東西：更多書。

那些書全都排得很妥當，小小的書脊全部朝上，而在行李箱內側頂端，大大的字母彩繪著「詩」這個字，周圍繞著好幾個彩繪小手印。

「畫！」小女孩邊指邊說，「還要畫，媽咪！」

「我們的顏料在家裡，甜心。我們現在來看書吧。讀書好嗎？」

「書，」女孩確認，「喵——嗚。」

貝克太太從箱子裡拿起一本書，翻開來。

「這裡有一首我愛的詩，」她說，「這首詩叫做〈四月雨歌〉，是美國詩人蘭斯頓・休斯寫的。他寫這首詩的時候還是少年。」她清清喉嚨，開始朗誦：

讓雨親吻你。

雨親吻！莫迪沐心想。這讓他想起「風搔癢」。

讓雨用銀色液體滴滴答落在你的腦袋上。

銀色液體，他的心說，沒錯！就是這樣。

莫迪沐閉起雙眼，好讓自己聽得更清晰。

這首詩念完的時候，莫迪沐睜開眼睛。他內心有什麼改變了。

聽人讀詩，莫迪沐的心說，感覺就像照鏡子。

或許他對語言也算擅長，以他自己特有的方式。

他真希望可以跟佩塔妮亞說。

「糟糕。」貝克太太說。

莫迪沐抬起頭，看到烏雲又重又低。他感覺到幾滴雨水。

貝克太太闔起書本，小心地沿著草地推動行李箱，直到行李箱安全地塞在海灘傘底下。他們也都移到傘下，一起看著雨水落下。銀色液體滴滴答答。

不過，莫迪沐感覺難以解釋地疲憊。他知道自己上了年紀，但他幾乎不曾覺得自己老了。現在他感覺到了。

如果佩塔妮亞還在任何地方，他告訴自己，她一定也老了。

感覺她不可能還在。

貝克太太留下那個行李箱，成爲圖書館的第四個房間。

26 依凡

星期五早上，依凡的爸媽替他做了份畢業特別早餐：法國吐司配香蕉。媽媽榨了新鮮的柳橙汁，爸爸用煎鍋放糖煮了香蕉，讓香蕉變得又甜又脆。他們坐在桌邊時，爸媽看起來很開心。媽媽還摘掉自己的電話耳麥，爸爸哈哈笑著。依凡暗想，他一直想解開或許根本不存在的謎團，也許應該收手了。

他試著別去納悶H. G. 席根斯的事。

除了擔心怎麼保持扣領襯衫的整潔，以便參加下午的畢業活動，他試著別去煩惱其他事情。他在後門附近將書本塞進背包，這時媽媽問：「你有沒有回街頭小圖書館那邊？小凡？我昨天開車經過——大家似乎都很愛那裡。」

依凡沒回去過。不過，他每天上學的路上，都可以看到它在對街。小圖書館確實一直在成長。

爸爸說：「我也想到那邊看看，也許在畢業活動之後？」

「好怪，一直沒重建真正的圖書館，」依凡說，「爲什麼不重建呢？」

媽媽清清喉嚨。「唔，圖書館燒毀之後，有一段痛苦的時光——對整個鎮來說。」

「爸？我是說，你以前就住這裡耶。」媽媽在加州成長，她和爸爸是在大學認識的。「沒人想重建嗎？」

爸爸盯著餐桌說：「如果有人考慮要重建，鎮上的人最不可能的就是來找我談。」

廚房陷入前所未有的安靜，連冰箱都像是屛氣凝神。

依凡說：「爲什麼？」

但爸爸只是微笑。「我不知道我爲什麼那樣說，依凡，我想是因爲我沒睡好。」

「學校圖書館員說，你讀高中的時候，在那間圖書館工作過。它燒毀的時候，你就在那邊工作嗎？你認識死掉的那些人嗎？」

爸爸盯著地上。「我有很多電子郵件要回覆，依凡。我現在沒辦法談這個。畢業活動上見。」

「對，野餐！」媽媽說，把弄著掛在脖子上的耳麥。「爸爸要親手做一個派帶去喔。」依凡意識到媽媽在緊張。

「你們！」依凡說，「不能——什麼都不跟我說吧！」

爸爸媽媽細細看著他。就那幾秒鐘，爸媽看著他的方式，彷彿他可以透過他們看見自己。他拉高身子站好，跟他們直直對視。

然後，爸爸抬起頭說：「你說得對，依凡。要不要等野餐過後，我跟你好好談一談？我們可以一起散步回家。」

依凡猶豫起來。「今天下午？你到時不會反悔吧？」

「不可能！就這麼說定了，你趕快出門，讓我忙自己的工作，開始做那個派。」

依凡朝媽媽瞥了一眼，她正對著廚房另一邊的爸爸微笑。爸爸會把事情全都解釋清楚，就在今天！他爲什麼以前不去問爸爸呢？

他離開家門的時候，覺得自己距離破解這件「可能甚至不是懸案」的事情，前所未有地近。

這一天感覺好漫長，即使只有半天。依凡多數時候都在教室裡東張西望；大家永遠不會再回來，這點感覺好詭異。他連午餐都吃不下，可是他不確定是因爲對畢業感到興奮，還是因爲晚點要跟爸爸懇談而緊張，或是因爲要離開馬丁維爾小學而悲傷。透過食堂窗戶，他們開始聽到車子停了進來，一個個家庭陸續抵達。

歐尼爾老師先告退，大家都知道爲什麼。每年，他都會爲了畢業活動買一個新的蝴蝶領結，並且總是在典禮開始之前別上去。而那些領結通常……五彩繽紛。

「你想這次會是什麼？」依凡問拉夫，他正在吃依凡的三明治，「波卡圓點？七彩條紋？」

拉夫嚼啊嚼的。「棒球圖案，也許？」

「棒球？」

接著，歐尼爾老師再次現身，別了個上面有小小書本圖案的領結。有些孩子拍手叫好。「向我們新的街頭小圖書館致意。」老師邊說邊拍領結。「時候到了！畢業時間，大家來排隊吧。」

然後，另一個五年級老師——布列南老師呼喚。「動起來啊，大家！」她的班級跳起來，擠滿了門口。歐尼爾老師翻翻白眼。

室外的草坪上已經排好椅子，陽光普照，還有依凡媽媽喜歡稱之爲「完美微風」的輕風。列隊走向前側附近的座位時，孩子們向家長揮揮手，指著在講臺附近的長桌上等待的一排排甜點。依凡找到爸媽的位置，揮了揮手，接著趕上正在排隊的拉夫，這樣兩人就能坐在一起。

每年，五年級老師都會挑選幾首詩在畢業的時候朗讀。今年輪到歐尼爾老師率先朗讀。「今年要畢業的班級，是一群特別可愛又有深度的學生，」他邊說邊攤開一張紙，「所以我挑了一首特別深刻又可愛的詩，叫做〈蚱蜢與蟋蟀〉，是英國詩人濟慈寫的。」

他清清喉嚨，開始朗讀：

大地的詩歌永不停止：
當鳥兒因炙陽而困倦
沉默樹蔭裡，有一個聲音越過
叢叢樹籬來到剛割過的草地；
那就是蚱蜢的歌聲，他帶頭領唱
在夏日的豪奢裡，享用不盡
他的喜悅；而當他玩倦了
就輕鬆地在舒服的草叢裡歇息。
大地的詩歌永不停止：
在孤涼的冬晚，當冰霜

帶來寂靜，從爐邊響起了
蟋蟀的歌聲，就在溫暖漸升
讓人醺醺欲睡之際，彷彿聽到
蚱蜢的歌聲在繁綠的山坡間迴盪。

歐尼爾老師從紙上抬起頭來，綻放笑容，然後送大家一枚飛吻。

「哇。」拉夫說。

依凡在椅子上轉身去看爸爸媽媽。

爸爸正在抹眼睛，依凡看到媽媽湊過去吻了他的臉頰。

接著，布列南老師大步走向講臺。她用雙手抓住講臺，往前欠身。

「人生就像騎一輛腳踏車！」她喊道，「爲了保持平衡，你們一定要持續移動！愛因斯坦說過！」她轉過身子，走回自己的座位。

五年級生站起來，一個接一個上臺領取證書。歐尼爾老師站在一旁，輪流跟班上的每個孩子握手。輪到依凡的時候，老師說：「繼續尋找人生的謎團吧，小子。」

結束了。每個人的注意力都轉向點心桌。

有六十種不同的蛋糕、派餅、布朗尼和餅乾。

更正：是**五十九**種，拉夫的爸媽帶了一袋綜合堅果，因爲他們「擔心糖分問題」。

況且，他們說，拉夫在野餐之後就要去看牙醫。

「他們還記得到期日的約定嗎？」依凡問拉夫。他們正坐在野餐墊上吃五種餅乾，而這還只是第一回合。

拉夫搖搖頭。「我有預感他們根本忘得一乾二淨，可是那樣可能更好。」

---

5 譯文出自《明亮的星，但願我如你的堅定：英國浪漫詩選》，漫遊者文化出版，董恒秀譯。

「嗯，他們看起來滿好的，很放鬆。」依凡瞇著眼，在群眾裡看到拉夫的父母圍著點心長桌站著。「你爸媽十年前才搬到這裡，但都會跟每個人聊天。看看我爸，自己一個人站在那邊，他還是在這裡土生土長的呢。」

一如往常，依凡的爸爸跟其他人隔著一點距離站著。

拉夫說：「他可能只是害羞吧。」並將一整片餅乾塞進嘴裡。

半小時之後，依凡走來走去，撿起散落的餐巾紙，一心急著想離開。他肚子塞滿了甜點，不大舒服，但更糟的是，爸爸保證過（明明保證過！）在回家的路上，要跟他談……某件事。

當大家開始收拾野餐墊，和打包吃一半的派餅時，爸爸已經徹底反悔了。

「真抱歉，依凡。」

「爸！你保證過。」

爸爸一臉難受，已經往停車場走去。「我只是——現在沒辦法。可是我很快就會跟你談，我保證。」

依凡目送爸爸離開。剛剛發生了什麼事？一分鐘前，爸爸難得看起來好像滿愉快的，跟歐尼爾老師有說有笑。等到終於要跟依凡一起散步回家的時候，爸爸就逃走了。

依凡受夠了等待。時候到了，該再次戴上他的偵探帽了。可是他沒用拇指往下劃過額頭，四周有太多人了。

依凡踢開一張餐巾紙。馬上覺得過意不去，便彎腰撿起來。媽媽從背後走來，用一邊手臂環抱他的肩膀。「你爸只是需要多一點時間。陪我散步回家吧？我會買一塊派給你。」

「不好笑。我還不能回家，我有事情要辦。」

「好吧，可是要回家吃晚餐喔。」媽媽舉起手裡的籃子。「我們要吃派！」

27 艾兒

又是另一個畢業日。

這次選讀的詩特別好（我每年都在我們前廊的角落上聽）。孩子們像野狼一般奔向點心桌，這番景象總是令人振奮。不過，當我回到屋裡，隨手關上門時，我的憂慮一股腦兒全都回來了。

首先，史卡金小姐現在常常飄離地面，浮在半空。

布洛克先生反覆再三地讀手上那本書的第一章。

而親愛的貓咪一直沒回家。

還有我。我的感覺也變了。那個老圖書館推車承載的不只是老書，還有過往的回憶。強烈的回憶。

布洛克先生抑揚頓挫的聲音沿著樓梯傳下來。「史卡金小姐？我下午四點的起司在哪裡，噢，在哪裡呢？史卡金小姐？」

「我怎麼會知道呢！」史卡金小姐從客廳椅子上回喊。「我也希望很快就會跟著我的茶一起送來！」她飄浮在椅子上方，爲了穩住自己而抓住椅子軟墊，並且用表情向我示意。

我很高興能夠泡茶跟拿起司，因爲我希望——唔，我希望什麼？

最主要的，我希望史卡金小姐能夠重拾笑容。

於是我泡了一壺茶，端去給她，然後從廚房櫥櫃裡拿了起司盤，前往布洛克先生的房間。

我快步經過前門，要往樓梯走去時，聽到敲門聲。

有人在門口，而且今天還是個星期五。

我意識到，肯定有人可以**看到我**。

我之前站在前廊的大窗前面，結果被人看見，是純粹運氣不佳嗎？

是個男孩，手裡拿著筆記本。

如你所知，我的隱形能力一直不見提升。我現在明白，我絕對無法靠隱形能力逃之夭夭，因爲那個男孩透過薄薄的窗簾，對著我微微揮手。

我有兩個選擇。一，我可以假裝沒看到他，只要轉過身走開，二，或者我可以打開大門。這兩項對我都沒有吸引力。不喜歡眼前的選擇是一件糟糕的事。我看著起司，然後再看看男孩，他對我露出淺淺的笑容。我這輩子從來就拒絕不了笑容。

那就表示我必須打開大門，而我也這麼做了。

「哈囉，」他沒把握地說，「我不知道要怎麼進行。我應該要先預約嗎？」

「沒錯，」我說，「我相信來歷史之屋都必須提前預約。開放參觀日是每個星期二和星期天。」我想到我最好的那些藏身之處，以及我目前距離它們有多遠。

他褪去笑容，說：「噢，抱歉。」然後轉身。突然間，我看到他背上的書包。他顯然打算走開，如果當時我有時間可以細想，我會讓他就這樣離開。然而，埋藏許久的直覺起了作用，我聽到自己開口說話！

「等等，有什麼需要幫忙的嗎？」

28 依凡

打開歷史之屋大門的女士，並不是平日負責導覽的那一位。貝克太太平常也在馬丁維爾鎮政廳工作，以及在消防局經營夏日煎餅早餐店，依凡還以爲她就住在歷史之屋。意識到這點時，依凡覺得自己有點傻。好蠢，就像他小時候以爲老師們都住學校那樣。

他眼前卻是穿著夏季長洋裝、端著一盤起司、光著腳丫的女士。她在衣領下方繫了一個圓形小別針，上面寫著「艾兒」。她對於開門這件事看起來並不開心。

女士看起來……滿緊張的，而且告訴依凡，他應該事先預約。他聽到這番話時，幾乎如釋重負，轉身要走。

可是接著女士說：「等等，有什麼需要幫忙的嗎？」

依凡轉回去。現在，女士露出了笑容。他忍不住看著那些起司，排成四個完美的小三角形。也許裡面正在開派對？可能有人租了歷史之屋開私人的畢業派對。難怪她會掛著名牌。

女士跟著他的視線，瞥了瞥盤子，然後說：「噢，抱歉，我希望可以請你吃，可是已經有人——這是某個人的。」她紅了臉。

依凡覺得自己的臉也紅了起來，他說：「噢不，沒有，我不想吃。不過你們在開派對嗎？我可以之後再回來。」

她哈哈笑。「派對！不，這只是——」她將端著起司盤的手收到背後。「別在意，請進！」

多年以來，依凡進過歷史之屋很多次——每逢鎮上過節，這裡總是會對外開放，就像「冬季漫步」活動，每個人都穿上保暖衣物，繞著城鎮綠地散步，欣賞大家在自家房子和樹上妝點的燈飾。他跟媽媽總是會來歷史之屋，享受幾杯熱蘋果酒，這裡的老鐵製吊燈會點燃很多小蠟燭。爸爸則在外面等候。爸爸總是說，戶外太美麗，他不想進室內。

歐尼爾老師帶他們來參加過一次星期二的導覽，雖然他們四年級就去過了，二年級也是。但依凡不介意——他喜歡參觀馬丁維爾的人在一百五十年前的生活方式——房間只靠蠟燭照明，臥室裡放著用來洗滌的水壺和臉盆，以及上頭鋪了美麗棉被的笨重實木大床；廚房有以前用來料理三餐的大型火爐，壁爐裡有個鐵鉤可以掛鍋子。每一個盤子在牆壁的木架上都有屬於自己的位子，杯子也掛在鉤子上。這一切都給人一種安詳的感覺。依凡站在前廊，從這個位置可以看到兩個前側房間，其中一間是舒適的客廳，裡面有壁爐、一張小沙發、兩張軟椅子。另外一個房間大半是空的，只有一張木桌，還有放在周圍的椅子。他的班級以前就在那裡集合，聽貝克太太講解馬丁維爾的歷史。她當時在桌子上鋪開一些照片和舊文件，讓他們輪流觀賞，可是不能觸摸，貝克太太很強調這點。

今天，那張桌子光禿禿的，散發著光亮，起司女士艾兒替他拉開一張椅子。依凡拿下背包，捧在懷裡小心坐著。艾兒沒正眼看他，可是也不算沒看著他。

「好了，你想找什麼樣的書呢？」她問。

「噢，我沒有——在找——書。」依凡說。「我本來想說，這裡會有一些舊照片可以看。那間舊圖書館的照片。或是以前的一些報紙文章，在圖書館燒毀的時候？」

起司女士身子一僵。

「我不會弄壞它們的，」依凡補充，「我是說，我不會把東西弄亂。」

女士放鬆下來。「別擔心那個。其實你看起來就很細心的樣子。對，是有個箱子，裡面裝了物品、剪報等等。你可以在這裡等一下嗎？你單獨待著一下子沒問題吧？」

女士回來的時候，脖子上有一條細鍊掛著一副眼鏡，而且雙手捧著一個厚紙箱。

半小時之後，依凡已經在回家的路上，緊緊將日誌抓在身側。他不想收進背包裡，因爲那表示它會離開自己的視線。而他辦不到。

他在自己的腦海裡可以聽見剛剛從剪報上抄寫下來的文字，彷彿那些文字對著他尖叫：

消防隊長確定這場悲劇大火源自地下室。警察正在訊問一位年輕的圖書館實習生，經查，他是火勢爆發以前最後一個在地下室的人，但因為尚未成年，在此不公開他的姓名。

回家的路途感覺比平常久得多。

29 艾兒

剛剛那半個小時眞是無與倫比。該怎麼解釋才好？我再次派上了用場，而不只是端茶和起司的人，也不是料理馬鈴薯和做蘋果醬的人，而是幾乎發揮了圖書館員的功能。

能夠跟年輕的心靈互動交流——一個好奇的心靈！眞是美妙。我覺得我必須克制自己，免得在他眼前飄離地面（雖然我不曾成功飄浮起來）。難得我對自己不夠好的隱形能力覺得感激。那樣子的掙扎，雖然我向來視爲自己的弱點，卻賜予了我這個美麗的一刻。

我望出窗外，眺望對面，也就是我的小圖書館佇立之處。

這個城鎮的人讓它逐漸成長，我引以爲榮，也爲親愛的貓咪看守著它，而感到自豪。

我想起史卡金小姐說過的話。你是圖書館員，不是嗎？

30 依凡

當依凡聽到後面馬路傳來高亢的腳踏車鈴聲時，回家的路程都還沒走到一半。他停下腳步，轉過身去。狄米崔．帕帕斯臉上掛著燦爛笑容，踩著踏板朝他騎來，出聲呼喚：「依凡！」

狄米崔在他前方踩下煞車時，依凡看出他的腳踏車籃子裡裝滿了個別包裝的布朗尼。

「想來一個嗎？」狄米崔說，「一等巴士放我下來，我就趕到城鎮綠地上。畢業日的時候，有好多甜點都等著找個好家。」他咧嘴笑道。

「我飽了。」依凡說，一手搭在肚子上，你現在長得滿高的耶，他正在想。狄米崔穿著跑步短褲，腿看起來有一英里長。狄米崔以前還算滿矮的，就像拉夫。

「我這星期在學校有看到你們喔，」狄米崔說，「要上葛蘭特維爾中學了，興奮嗎？」

「嗯，大概吧。」

狄米崔哈哈笑。「我以前也不怎麼興奮，可是你會喜歡的。你可以選一種樂器，而且我會跟你們一起搭校車，總之，有一年會碰到面。」

依凡試著不要做得太明顯，但他還是盯著狄米崔的腿直看。一邊小腿上沾了點腳踏車的潤滑油，可是腿毛沒有特別多。不知怎地，這點讓依凡安心。

「在我的另一條腿上。」狄米崔說，抬起較遠的那邊膝蓋。

「什麼？」

「疤痕啊。」

依凡這時才想起狄米崔一條腿上的大傷疤，一路從臀部延伸到膝蓋。

然後，他想起狄米崔的傷疤是怎麼來的。

「我剛剛才想到我忘了一件事，」依凡說，「我得趕回鎮上去。」

「好——祝你夏天過得愉快，我下星期要出門去參加營隊。」狄米崔踩著踏板離開，回頭呼喊。「九月的時候，我會在校車上幫你占個位子，好嗎？」

「好啊！謝謝！」儘管現在肚子很痛，依凡還是朝著另一個方向奔跑。往拉夫家跑去。因爲他接下來必須做的事情滿危險的，而他覺得有拉夫陪在身邊，會比較好過一點。

幸好拉夫去看牙醫通常很快結束，因爲他爸媽要他每餐飯後都刷牙。

31 依凡

這間樹屋還算稍有名氣——對於那些知道它的孩子來說，而他們大多住在依凡他家那條馬路上。這間樹屋的所在位置，足夠深入那片孩子們自認是他們「專屬」的樹林。因此，當他們初次看到這間樹屋時，都想像自己發現了一個沒有大人知曉的地方。而它的高度夠高，以致於他們知道往上爬到那裡去不只絕對違反規定，其實也眞的滿可怕的。

等他們稍微長大，會聊起這間樹屋，互相挑戰看看有誰敢上去。有幾個孩子確實上去過，不過沒人進得了樹屋，因爲門是鎖上的——他們搖搖晃晃爬到頂端之後回報。那條「扶梯」只是每隔幾英尺，釘在樹幹上的粗糙木板，在很多地方都有裂口，還有幾塊會出其不意地轉動。每個爬上去的人安全回到地面上時，似乎都如釋重負，只有狄米崔·帕帕斯不是。他沒抓好，結果一條腿被劃傷，還摔斷了一邊手肘。他比依凡大兩歲，而且就是依凡從來不想爬上去的主要原因。直到現在都還是。

狄米崔跟他是朋友，但大依凡兩歲，兩年前就開始搭校車去上葛蘭特維爾中學。他參加中學的交響樂團，會搭比較晚的「活動巴士」回家，他回家功課很多，因此不常到樹林閒晃。

依凡抬頭看著那棵樹。

跟依凡說樹屋門上有掛鎖的就是狄米崔，在他摔下來之後。他用了跟拉夫一樣的字眼：掛鎖。

「你確定你想這麼做？」拉夫問，「我爸說，這個東西是吸引人的麻煩事。」

「你再說一次狄米崔演奏哪種樂器？」拉夫的媽媽在鎮上教很多孩子音樂。

「小提琴。」拉夫回答。

依凡摸摸褲子前面口袋的外側，確定鑰匙還在。他拉緊背包的綁帶。「所以，他的手肘現在一定復原了。我是說，如果他已經在練小提琴的話。」

「確實，」拉夫承認，「我媽說他其實拉得滿好的。」

依凡點點頭，一腳踩上第一塊釘進樹幹裡的木板，朝第二塊板子伸出雙手，測試它是否穩固，然後將自己往上撐到樹幹上。

熬過一陣搖搖晃晃之後，依凡再接再厲爬啊爬，一塊接一塊，直到手臂覺得無力，而腦袋幾乎跟樹屋門口的金屬門栓齊高。那裡確實有個掛鎖，讓之前每個攀爬者受挫的掛鎖。

旁邊恰好有一根不錯的粗壯枝椏，依凡心生感激，他做好心理準備，摸找鑰匙。「不要掉了。」他聽到自己說。但他不確定自己的意思是「不要弄掉鑰匙」，還是「不要讓自己掉到地上」。這裡離地面很遠。

依凡抓住掛鎖，表示現在雙手都離開了樹木，讓他怕得微微暈眩。然後，他將較小的鑰匙插進鎖孔。

「進去了！」他喊道。

「耶！」拉夫回喊。

依凡露出笑容，但並未往下看。他轉動鑰匙，聽到一聲咔答，鎖應聲彈開。

「鎖解開了！」他大喊，然後小心翼翼將掛鎖從門栓上移開，塞進口袋。他可不希望失手讓它掉下去、砸到拉夫的腦袋。

現在，他只需要打開樹屋的門。他必須縮頭彎身，讓門從頭頂上轉開。他用一條手臂抱住「他朋友」（那根堅實的枝椏），另一手抓住門角之後一扯。

有幾件事發生得非常快速。

首先，依凡意識到生鏽的鉸鏈撐不住門板。

還有，另一個首先，因爲這兩件事其實同時發生：門誇張地傾斜，停頓片刻之後，往下摔到地上。

在那一秒鐘的停頓裡，依凡鬆手放開了門，免得自己跟著摔下去。他緊緊摟住那根樹枝，聽到門掉在地上，撞出巨大的聲響，接著是一片久久的靜寂。

他雙臂顫抖地掛在那裡。「拉夫？」

更多巨大的靜寂。

他往下一看，可是放眼只看得到落葉。「拉夫？」

接著，他聽到拉夫說：「哇啊。」

「你還好嗎？」

「還好！」拉夫喊道，「沒砸到我！」

依凡覺得自己的心又恢復跳動。「我要下來了！」他喊道。

「不要，繼續進行！」拉夫呼喚，「我要上去了！」

「什麼？不要啦！」

「什麼？當然要！到期日，記得吧？你繼續——我馬上就上去，你最好別擋我的路！」

依凡的視線目前跟樹屋地板齊平，看到一片粗糙的木地板，上面積滿塵土和斷枝。他伸出手，將手指塞進兩塊地面木板之間的縫隙，然後將自己拉進樹屋。他翻過身，躺在原地，仰頭看著……看不到什麼東西。只有木板牆壁，光線從縫隙中照進來，一扇大大的窗戶，外頭垂掛著葉片構成的簾幕。

他坐起身子。一切感覺都相當穩固。他深吸幾口氣，正要站起來的時候，拉夫的腦袋從門口伸上來。

「動作眞快，」依凡說，「很高興你沒死。」

拉夫綻放笑容。「我也是，快拉我進去——我需要擁抱。」

拉夫不是在開玩笑。拉夫需要擁抱的時候，就會主動開口索討。這就是其中一件事，讓依凡瞭解拉夫跟他爸爸媽媽不一樣，拉夫多數時候都是天不怕地不怕。

拉夫進了樹屋，得到擁抱之後，便將卡在棉衫上的樹皮碎片撥掉。「地面沒有我爸媽想得那麼安全。」

他們開始在樹屋裡認眞搜尋線索。

總之，他們盡量認眞搜尋。那裡只有地板、四面薄薄的牆壁、內建在其中一面牆裡的板凳，就在蓋滿綠葉的窗戶對面，那扇窗讓樹屋籠罩在奇特的淡綠光線之中。

沒有架子、沒有箱子，沒有其他可以打開的東西。沒有東西可供發掘。

「沒看到任何線索。」拉夫說，用手指撫過粗糙的牆面。拉夫讀過，有時候雙手可以感覺到眼睛漏掉的東西。他突然猛地將手抽回，卻只是吸著一根手指並說：「痛，被分岔的小木片刺到了。」

「繼續找，」依凡說，查看板凳下方，「搞不好哪裡刻著什麼東西。找HGH[6]。」

拉夫瞇眼看著手指被刺到的地方，說：「再跟我說一遍，爲什麼這件事這麼重要？」

依凡猶豫起來。「我需要一個嫌疑犯，」他說，「眞正的嫌疑犯。」

拉夫點點頭，然後說：「再跟我說一次，你爲什麼需要一個嫌疑犯？」

「因為……」依凡深吸一口氣，決定誠實說出來，因爲是拉夫，他信得過拉夫。

「因爲我爸是嫌疑犯，我想他那天晚上就在圖書館工作，在地下室，起火的地點。可是火不是他點的，我知道他沒有。所以我必須查出是誰。」他等著拉夫追問更多問題。

但拉夫只是說：「你爸永遠不會在圖書館放火的，活一千萬個輩子也不會。認識他的人都知道這一點。」

聽拉夫這麼說，感覺眞不錯。「對啊，嗯，但我猜不是每個人都知道他的爲人。」

「可是你眞心覺得H.G.席根斯跟這件事有關？」

依凡聳聳肩。「也許。我們知道他那天還了一本書，一本裡面夾了照片的書。」

「但我們不知道那些鑰匙是不是他的。有可能是任何人的。」

「那些鑰匙可以打開樹屋，」依凡說，往板凳一坐，「所以，如果這上頭有什麼東西可以看出跟H.G.席根斯有關，他就會是真正的嫌疑犯。我還可以

6 H.G.席根斯的英文首字母縮寫。

通報警察，也許啦。」

「嗯，可是這裡什麼都沒有。」

拉夫繞著小圈子踱步，然後在唯一一蓋滿植物的窗戶前面停下腳步。長著綠葉的樹枝在窗戶外頭橫七八豎，擋住了視線。

依凡盯著片刻，然後彈起身來走到窗邊。他從窗口探出手，試著將一些枝椏撥到一旁。「幫我一下。」

即使兩人聯手，也只能勉強在綠意之間清出一個小小的窺視孔，可是這就夠了。從這裡往下俯瞰，整個馬丁維爾一覽無遺。他們可以看到大半的鎮政廳，學校的一角，歷史之屋的上半部。

依凡說：「這就是了！是拍下那張拍立得的地方。H.G.席根斯——或是某個人——拿著相機站在這裡。」

拉夫微笑。「夾在那本書裡的照片……」

依凡朝背包伸手，在裡面摸摸找找。「而這本書在發生大火那一天歸還給圖書館……」

「就是H. G. 席根斯！」

依凡舉起那張拍立得，拉夫盡力在不掉出窗口的情況下，努力撐住窺視孔，維持住眼前的景致。

「就在這裡，」依凡說，「我甚至可以在這張照片裡看到那個節點。」他指著窗戶旁邊木頭上的那個棕色點點。

拉夫瞇眼看著那張拍立得。「對耶，可惜沒拍到更多的臉，不管那是誰的眼睛，都有可能是任何一個人。」他將照片舉到依凡的臉前。「也有可能是你！」

「這就證明H. G. 席根斯以前住在馬丁維爾。圖書館燒毀的那天，他就在那裡。然後他再也沒回來。他可能住在紐約市，跟幾百萬個人生活在一起，以爲永遠不會有人找到他！」

「可疑。」拉夫說。「但是，他爲什麼會想要燒掉一座圖書館？他是寫書的耶。」

「我打算把他找出來。」依凡說，不理會那個問題。「我會讓他坦白招認。然後，大家就會知道我爸沒有放那場火。」

「我會幫你的。」拉夫說。

32 艾兒

在我跟我們的訪客有過那美好的一刻之後，問題來了，我盼望下一刻也同樣美好。我想跟另一個人接觸，另一個帶著問題過來敲門的人。可是，在那二十分鐘之間，屋子裡就只有那個帶著筆記本的孩子，沒有其他人。

他離開之後，我在那張大木桌旁坐下，上頭放著標有「馬丁維爾圖書館大火」的箱子。他細心地將裡面的東西都收回去，我將它們拿出來、在眼前攤開來時，心裡很感激。有幾份葛蘭特維爾的報紙文章，甚至有一段來自《城市新聞》的短短段落（馬丁維爾規模太小，沒有自己的報紙）。

還有史卡金小姐和布洛克先生的訃文（他們兩人生前都是有頭有臉的人物，跟我不一樣）。我記得那幾場葬禮，我們三個幽魂一起站在陽光底下旁

觀。想當然耳，我尤其注意那位親愛的男孩。雖然我們看到他長得相當高大，這時已經是個少年，但他的臉頰從未失去圓潤的模樣。只要講話還是會臉紅，那無疑是他深沉與誠摯的表現。而且，他也有在史卡金小姐的葬禮上致詞。

他講起圖書館對他而言有何意義。我知道這聽起來很不可能，但他講話的時候似乎一直看著我們。那天，我覺得自己隱形的程度，明明跟史卡金小姐和布洛克先生不相上下，不過我可能只是自欺欺人。

我的心思陷入同樣的糾結：

（一）火不可能是我們這位親愛的男孩放的。他永遠不會做這樣的事，即使他心情不好，也永遠不會。

（二）火不可能是其他人放的。消防隊長說有人在圖書館地下室擦了火柴，然後湊到一本書旁邊。當時除了親愛的男孩，那裡沒有別人。

我記得親愛的男孩在那個決定命運的晚上，被史卡金小姐訓斥了一番：重砲批評——他忘了更換廁所裡的擦手紙捲；他必須記得站直身子，直視別人的眼睛；還有，最糟糕的是，他把幾本傳記誤放在小說書區！一本放錯位置的書就等同遺失了，他到現在還不懂嗎？——男孩垂著腦袋，耳朵亮紅，匆匆忙忙走下地下室樓梯。

他幾乎是拔腿逃離史卡金小姐的身邊。

我已經很久都不讓自己回想那天的事了。

我收攏那些剪報，收回箱子裡，然後走到標示「城鎮歷史」的大櫥櫃前。幾乎從來沒人來看這樣的東西。

我陷入沉思，一面越過客廳要去收史卡金小姐的茶杯。她在椅子上，杯子就在垂手可得的地方，但茶水依然滿到杯緣，放到現在肯定都涼了。布洛克先生已經下樓來，正坐在沙發上的老地方。

或者說，他飄浮在那個老位置的上方。我看得目瞪口呆，現在他們兩個都飄浮在空中了。爲什麼呢？

布洛克先生用雙手抓著他的書，我這才意識到我一直沒端起司給他。他竟然沒注意到缺了起司，也太反常了。

「你沒喝你的茶，」我對史卡金小姐說，「要不要我再泡一壺？」

她搖搖頭。「我不該吼他的，」她說，「他是個好孩子。」她用一手蓋住她的圖書館別針。

我什麼都沒說。我知道她講的，不是剛剛才離開我們房子的小孩。我們都很清楚她在說誰。親愛的男孩。可是，我們現在又能拿這件事怎麼辦呢？

我永遠會記得史卡金小姐將正式的員工別針拿給他的那天。他的雙眼散發出自豪的光芒，我記得自己第一天在這間圖書館工作時，也有同樣的感受。從那個時刻起，他只要來上班都會別起來。我們都會配戴自己的別針。

史卡金小姐的別針上寫著「圖書館員」。

我的別針上寫著「ＡＬ」（是「助理圖書館員」[7]的縮寫，史卡金小姐說字太多塞不進去）。

而艾德華的那枚別針寫著：「實習生」。

艾德華，那是他的名字，我們親愛的男孩。

他喜歡叫我艾兒。

33 依凡

「爸！」依凡甚至都還沒踏進家門。他在車道上大喊。「爸！」

爸爸寫滿憂慮的臉出現在地窖窗戶的另一側，靠近依凡的腳。

「爸！」依凡對著窗戶說話。「我知道圖書館的事了，我知道大家都怎麼想——他們認爲你……」他說不出口。

爸爸移開了臉龐。十秒鐘之後，爸爸從紗門那裡衝出來，眼神冷硬，臉頰一紅一白。「是誰跟你說的？」

「沒人！」依凡說，「是我自己想通的。」他舉起《怎麼寫一本懸疑小

7 助理圖書館員原文為Assistant Librarian，簡寫為AL，直接發音就是「艾兒」。

說》。「每個人都認爲是你放的火，對吧？可是我知道該怎麼辦——我想，我知道下手的是誰！」

「慢一點，」爸爸說，「從頭開始說。」

「你爲什麼不肯跟我談？」依凡哭了起來，他沒料到自己會哭。

爸爸臉色一變，肩膀放鬆下來說：「我猜，我就是不知道該怎麼跟你談這件事。我們去坐在大石頭上吧。」他伸出手，握住依凡的手，帶他繞到房子後面，到依凡的奶奶在爸爸小時候取名爲「眞相之石」的那塊大石頭。

石頭還因爲日照而暖烘烘的。

「我最不想要的就是惹你難過，依凡，」爸爸開始說，「我沒有對圖書館放火，可是我確定很多人依然認爲是我。那天晚上我在現場。而且我接受警察的訊問，前後有好幾次。那不是我喜歡回想的事情。我猜我希望你永遠不會聽說這件事。不過，這個想法——是不切實際的。」他微微一笑。「應該由我親口跟你說這些事的。對不起。我沒先告訴你。」

依凡等著。**真相之石**的第一條規則是「不能說謊」，第二條是「不能打岔」。

可是爸爸似乎已經把話講完了。依凡說：「報紙說火災是從地下室開始的。說有一根火柴被劃亮，湊到一本書那邊。」

依凡的爸爸搖搖頭。「我絕對不會做那種事。絕對不會。可是我是唯一在場的人。」

「不過，你百分之百確定嗎？你確定現場只有你一個人嗎？」

爸爸點點頭。「但我沒點燃任何火柴。我剛說過，我受到警方的訊問，話就傳出去了。」他停下來。

「報導說有個實習生。」依凡指著爸爸。「你就是那個實習生嗎？」

「對，在我媽過世以後，我到圖書館工作……這對我很有幫助。我在那裡覺得安全，彷彿不會有壞事找上我。十四歲的時候，圖書館長問我想不想在放學之後過來打工，當個幫手。我簡直不敢相信——去圖書館還可以領到薪水？我跟她說好。她叫米卓德·史卡金，是個很棒的女士，也是個嚴格的女士。她通常都會對著我們其中一人吼——我是說，對著我，或是對著助理圖書館員。

「總之，有天下午，她爲了某件事罵了我，然後要我到地下室去處理歸還的書本。還書的投遞口會把書本送到樓下的一個桶子裡。我會把借閱卡放回去，再把那些書堆在推車上，並重新上架。

「在大家面前被吼，當時肯定讓我覺得自己是個蠢蛋，但就像我說的，她是老大，而且她常常那樣做。但警察後來把那件事放得很大，他們一直問我當時是不是很**生氣**。我告訴他們，我沒有生氣，說她向來都是這個樣子。艾兒——助理圖書館員——都把史卡金小姐的那些反應稱爲**批評**和**提點**，我們甚至有點把這個拿來說笑。所以，到地下室去處理歸還的書本，感覺就像平常的日子。」

「可是那不是平常的日子。」依凡說。

「確實，那天圖書館燒毀了。」

「她——死了嗎？史卡金小姐？」

爸爸遲疑了片刻。「對，米卓德．史卡金死於煙霧吸入。」

「不過，你逃出來了。」

爸爸點點頭。「艾兒救了我，她從地下室的門把我拖到外頭。可是我知道，這邊有很多人還是認爲我放了火。」

依凡心中燃起熊熊怒火。「你怎麼可以讓他們這樣想？」

爸爸一臉悲傷。「我沒有『讓他們』這麼想。我總是說我沒放火，可是，在不知道**真正**發生什麼事的狀況下，要怎麼證明沒發生過的事？我還是不知道。」

「我相信你，爸。我知道你沒放那個火。你沒有。」依凡雙眼盈滿氣餒的淚水，可能是最糟糕的那種淚水。

爸爸敞開手臂，依凡依偎進去。兩人那樣坐了一會兒，依凡的心思飛馳不已：是H. G. 席根斯，他想，他那天就在現場。

那本書、那張拍立得照片、那些鑰匙、那間樹屋，一切都指向H. G. 席根斯。

「爸，我發現一個嫌疑犯。」

爸爸往後退開。「一個什麼？」

「那天有人在圖書館，我手上有他的書，而且我找到他的鑰匙，我知道他以前就住在這邊的某個地方。是H.G.席根斯，爸。他是知名作家，可是他一輩子都是個祕密。」

「依凡——」

「我們應該跟警察說！或是跟消防隊長說。還不算太晚，對吧？然後，每個人都會知道他們誤會你了。這是一件大事，爸，有人死掉了！」

「慢點，小鬼，你是說你認爲對圖書館縱火的，是作家H.G.席根斯？」

「對！」

「你爲什麼會這麼想呢？」

「他那天還了一本書——那本書現在在我手上！他當時在場！」

「好，假設眞的是那樣，那天可能還有另外五十個人拿書來還。」

「可是他的書裡面夾了一張照片——某個人從樹林裡的樹屋上拍的照

片。」

爸爸看著他。「可以讓我看看嗎？」

依凡拉開背包的拉鍊，從書裡扯出那張照片。「照片拍的可能就是他！而且他的鑰匙在舊圖書館遺址的地板上。其中一支可以打開樹屋上的掛鎖！」

爸爸舉起那張拍立得。「這不是H. G. 席根斯。這是你歐尼爾老師的爛照片，應該說是他眼睛的照片。當我們還是少年的時候，我用他的相機幫他拍的。」

「什麼？」

「你說的一切都暗示H. G. 席根斯曾經住在這一帶。也許他借出了那本書。也許他爬上了那間樹屋。對了，你不可以上去喔。可是，什麼讓你認為他對圖書館放火？」

依凡其實不知道。他只是不希望那個壞蛋是馬丁維爾的人。他希望是外地人。「我還不知道動機，」他承認，「但我會想通的，首先我們必須把他找出來。」

就在那時，爸爸伸手到後側口袋，抽出一個對摺的小信封。依凡瞥見上頭的字跡，知道爸爸手裡拿的是什麼——他寫給H.G.席根斯的那封信。

「依凡，」爸爸說，「我就是H.G.席根斯。」

34 莫迪沐

莫迪沐守護著圖書館，幾天下來，第五天最為關鍵。不過，一直要到晚上才是。

那天相當忙碌——五年級畢業典禮還有畢業野餐。好多人來到他的圖書館！他們挑選書本、暢談書本，給莫迪沐的擁抱次數超過他所需要的。有些擁抱比其他擁抱更緊。

等那些畢業生家庭拿起野餐墊抖乾淨，打包書本、相機和甜點，莫迪沐也準備要休息了。

學校圖書館員修爾小姐帶了三個塑膠桶過來（一次一個），裡面裝滿美麗的繪本。那些桶子塞不進雨傘下面，可是它們有防雨的頂蓋。莫迪沐發現，在那三個桶子上伸展身子、盯著雲朵，是相當美好的一件事。

聽說有人覺得雲朵看起來像綿羊，但莫迪沐覺得不是那樣。他看到的是：一只茶杯、一隻蹦蹦跳的青蛙、一片起司。

一顆雪球。

莫迪沐看著雲朵好久好久，覺得自己有點像是一朵雲。一朵橘色的雲，他想，有點算是太陽雲。

守護著圖書——

可是他打斷自己：都是我的錯。

莫迪沐覺得，自己就像一片永遠釋放不了銀色雨水的雲朵。

最後他睡著了，夢見佩塔妮亞。

等到太陽下山的時候，老鼠們開始抵達城鎮綠地。精神亢奮、鬧哄哄的老鼠們吵醒了莫迪沐。

有個聲音一直喊著，這是他生平第一次的「吃到飽」，莫迪沐便明白，這一天不只對馬丁維爾的一個物種別具意義。很多家長自製的點心在草地裡留下了大塊碎屑。

莫迪沐懶洋洋地翻了個身，看到一隻老鼠從眼前走過。他不認得這一隻。莫迪沐疲憊地對他揮揮手。

那隻老鼠打住腳步。「我聽說過你，你是六趾牢騷鬼。」

莫迪沐抬起頭。「什麼？」其他老鼠（他猜）正開開心心蒐集著蛋糕碎屑，相當吵雜，很難聽清楚這隻老鼠的聲音。

「六趾牢騷鬼！」老鼠沾沾自喜地點了個頭，「我們都這樣叫你。」

「噢。」莫迪沐說，他的心似乎縮小了一點。

老鼠現在的表情沒那麼得意了。「如何？」

「如何什麼？」

「現在輪到你說點話了。」

「好吧，關於什麼的話？」

老鼠嘆口氣。「別再耍花招了。你知道的，關於『我只是隻髒兮兮的小老鼠，所以誰在乎我怎麼想？』這類的話。」

老鼠走上前去，逼近莫迪沐靠著下巴的地方，就是塑膠書桶的邊緣。

「你真的髒兮兮嗎？」莫迪沐說。

老鼠坐下來，或者說，坐上去，就看你怎麼看。他的臀部現在穩穩貼在草地上，前腿舉在空中。

「那不是重點！現在我覺得過意不去了，」老鼠補充，「我只是在搶占先機。我還以爲如果我不先出擊，你就會捷足先登。」

「你叫什麼名字？」莫迪沐問。

「佛列德。你呢？」

「莫迪沐。可是大家都叫我小金，或是陽光，或是小橘，或是親愛的貓咪。」

「莫迪沐。」佛列德說。

能夠聽到某人說出口，眞不錯。莫迪沐突然納悶，不知道有多久，沒人用眞名叫他了。

來追我，莫迪沐，快來追我！

「你剛剛說的，」莫迪沐問，「是眞的嗎？大家都叫我六趾牢騷鬼？」

老鼠垂下視線。「對。不對。我是說，我認識的每個人都這樣叫。」

聽到佛列德這番話，即使躺在裝滿詩集的行李箱隔壁，莫迪沐依然覺得非常孤單。

「不過，往好處想，至少你不是六趾妖怪。」

「妖怪？」莫迪沐抬起頭來。

「至少不是灰色恐怖，或是條紋毀滅者。」

這些名字到底是什麼意思？「唔，不，我是橘色的。」莫迪沐說。

老鼠點點頭。「對，我看得出來。」

轉換話題的時間到了。「你喜歡詩嗎？」莫迪沐問。

老鼠嗤之以鼻。「我才沒空閱讀呢，我是野生動物！你難道不知道野生動物是什麼意思嗎？代表我必須尋覓自己的糧食和住所。而且要一直留意貓頭鷹、老鷹、負鼠，還有你知道的……」他越說越小聲。

「貓？」莫迪沐猜測。

「對，就是貓。而且我忙著讓弟弟妹妹吃飽穿暖，維護他們的安全。我才不會有時間看書。我甚至不應該站在這裡跟你閒聊。我應該到那邊去，跟其他人一起蒐集碎屑！」

莫迪沐心虛地想到自己的食物盤，還有他通常在溫暖的爐火邊，跟史卡金小姐共享的那張舒適椅子，加上艾兒太緊的擁抱。他想到一到五號的老鼠們，還有他強迫老鼠——多年下來有那麼多隻！——一進屋裡就離開。全都是為了保護布洛克先生的起司和艾兒的蘋果。那些幽魂食量小之又小，他為什麼不肯跟老鼠分享呢？

也許他比牢騷鬼還糟糕多了。

說對不起，他的心說（他依然覺得縮小了）。

「對不起。」莫迪沐說。最糟糕的部分，他（只對自己）承認，是他一直知道老鼠生活過得很艱辛。他當然知道了。他只是一直認為這點跟他沒有任何關係。

「噢，嗯，」老鼠對他揮揮手，「我罵你牢騷鬼，對不起。而且我的鼠生也沒那麼糟糕啦。我有自己的家庭。有弟弟妹妹。要是沒有他們，我會不知如何是好。」

莫迪沐點點頭，憂鬱地盯著自己的前掌，然後想起佩塔妮亞。

佛列德跟著莫迪沐的視線望去，似乎想起他有十二隻前爪。「有額外的趾頭不錯吧，我想。沒有什麼不對的！」佛列德往後退開一步。「我敢說灰色恐怖很希望自己的每隻腳上有六根趾頭！」

一切突然清楚起來。莫迪沐眼神淩厲地看著佛列德。「你是說，」他問，「眞的有灰色恐怖？是一隻眞的貓嗎？」

「噢，是啊，貨眞價實，住在榆樹街上。我猜你不認識。」

「還有條紋毀滅者呢？也是眞的嗎？」莫迪沐盡量不讓自己懷抱希望。

希望！他的心說，聲音微弱。

佛列德點點頭。「條紋毀滅者住在火車站那邊。因爲有好料可以吃，尤其碰到有節日的週末。」

莫迪沐遲疑起來。「還有，六趾妖怪？」他低聲說，「眞的存在嗎？」

「當然，她跟你一樣——每隻腳上有六根腳趾頭。她住在葛蘭特維爾，在電影院那邊，老實說，眞的令人沮喪到不可思議。在電影院裡，單一個週末掉在地上的東西，就足以讓我們吃飽整整一個月，可是——」

莫迪沐站了起來，他的心因爲滿懷希望而鼓脹。希望、希望、希望！希望從四面八方朝他湧來。

佩塔妮亞！他的心吶喊著。

佛列德以極快的速度退到詩集行李箱的另一側。「我們現在沒有要決鬥吧？」

「沒有，沒有！」莫迪沐說，他坐了下來，讓自己看起來不要那麼……高大。「沒有要決鬥。」

莫迪沐還看不出事情的全貌，不過，有個點子開始在腦海裡成形，有如匯聚成某種形狀的雲朵。

他會到葛蘭特維爾去，看看那隻六趾妖怪是不是佩塔妮亞。但首先……首先，他必須做別的事情。

「你能不能把你的弟弟妹妹帶過來？」他問佛列德，「把他們帶來這邊？我知道有個安全的地方，那裡有蘋果和馬鈴薯，還有起司。而且不是只有今天——是每天都有。」

「眞的嗎？」佛列德細細瞅著他。「這不是什麼詭計吧？要是我帶著他們一起，他們會安全嗎？」

「不是詭計。」莫迪沐說。「安全。動作快，佛列德。」

35 莫迪沐

等佛列德回來的期間，莫迪沐環顧他的圖書館，回顧過去幾天曾經上門來的所有人。他想到維妮D、貝克太太、葛雷格里安先生，還有修爾小姐，以及其他帶一本書來、或帶走一本書的每個人。他想到那些像是問號的臉龐，還有書本的美妙氣味。

以及發生大火的那晚。

圖書館的守護者，他試著告訴自己。

不算是，他的心說，因爲他守護的並不是那間圖書館。

莫迪沐守護的，是一個不爲人知的祕密。

十分鐘過後，佛列德帶著弟弟妹妹列隊走回來。

「我只叫得動八個，」他說，「其他人都不肯放下野餐。」

八個弟弟和妹妹，莫迪沐暗想，想像一下。

佛列德介紹他們：佛恩、芙洛拉、芬恩（老朋友！）、法蘭克、費歐娜、費伊、費格斯，還有芙拉維亞。

「全部都是Ｆ開頭的名字。」莫迪沐說，對著芬恩揮手，芬恩也對他輕輕揮手。

「眞的嗎？」法蘭克說，「都是Ｆ？我從來沒注意到。」

莫迪沐看著他。

「他開玩笑的啦！」芙拉維亞喊道，「我們當然注意到了！」

莫迪沐掃視這一排勇敢的老鼠，說：「我需要你們的幫忙。」

幾分鐘過後，他們擬了個非常基本的計畫。老鼠會透過五道鼠門的其中一個進入歷史之屋；莫迪沐會從前門進去，由艾兒放進屋裡。他們會在客廳的壁爐那裡會合。

「五道！」芙拉維亞喊道，「哈！那棟老房子有九個老鼠洞，至少有九個！」

「九個？」莫迪沐重複，「這又是一個笑話嗎？」

老鼠們向他保證這不是笑話。

「唔，好。」莫迪沐的信心稍微動搖，可是沒時間多想了。「九道門，我想就隨你們挑。艾兒放我進門的時候，我會直接跑到客廳那裡，跳到壁爐橫架上。那就是我們平常放火柴的地方。」

「你能跳那麼高嗎？」芙拉維亞喊道，「你看起來有點年紀了耶。」

「當然可以。」莫迪沐說，事實上，他打算借助史卡金小姐的椅子，上到壁爐橫架去。等他到了椅背上，要跳過去就容易了。但是，他沒對大嗓門的芙拉維亞解釋，她開始讓他想起佩塔妮亞了。

「我剛說到哪裡了？」莫迪沐說。

「客廳。」費伊說。

「在壁爐橫架上。」芬恩補充。「跟火柴在一起。」

「對，其他的部分你們都記得吧？」

他們記得。

「只是，你沒跟我們說為什麼，」芙拉維亞喊道，「這麼做是為了什麼？」

「爲了說出眞相。」莫迪沐告訴她。「順帶一提，如果一開始史卡金小姐尖叫個不停，你們千萬不要跑走。她是很怕老鼠沒錯，可是等我們開始行動，我想她會靜下心來注意看的。」

他們都點點頭，然後滿懷期待地看著他。

「嗯，我忘了什麼事情嗎？」莫迪沐問。

佛列德清清喉嚨。「唔，是有一個細節，可是現在並不重要，我想——」

「蘋果在哪裡？」芙拉維亞喊叫，「起司在哪裡？我的詩在那裡？佛列德說你這邊有詩，我從來沒嘗過詩的味道！」

莫迪沐解釋了一番。

老鼠們不記得圖書館發生大火的那個晚上。說得直白一點，老鼠的壽命沒那麼長。可是，他們都聽說過這件事。「我們都叫它『恐怖惡火』，」佛列德之前跟他說過，「每隻老鼠寶寶都聽過。所以我們永遠都不會去碰——你知道的。」

「火柴。」莫迪沐說。

「對。」佛列德打了個哆嗦。「所以你就可以明白，我們這次眞的是勞師動眾，我是說，爲了你而打破規則。」

「我很感激，」莫迪沐說，「表演就這麼一次，我們必須要很有說服力。」

「我們準備好了。」芬恩說。

「咱們走吧！」芙拉維亞喊道，用力舉起迷你的拳頭。

「表演時間到了！」佛列德說。

「起司時間到了！」芙拉維亞喊道，「蘋果時間到了！」她微微跳起來，雙手在頭頂上互拍，然後降落在後腳上。「馬鈴薯時間到了！」

芬恩翻翻白眼。芙拉維亞開始搖搖晃晃，費伊伸出一隻手穩住她。

莫迪沐看著這些老鼠，心中升起……某種感覺。

渴望，他的心說。

然後，佛列德熟練地吹了聲口哨，大家立刻作鳥獸散。

36 艾兒

「史卡金小姐……」我小心翼翼地開始說，將一杯新泡的熱茶放下來。

「是，親愛的？」

「那天晚上——我是說，火災的那個晚上。」

「是，繼續說。」

「唔，火災是在閉館以後開始的。」

「這點我倒是記得，我想。」

「我有時會納悶……」我再次遲疑起來。

「親愛的，你知道我受不了你句子沒講完就停下來！」

「好嘛！布洛克先生當時爲什麼還在？應該只有我們三個人。你、我跟那個男孩。」

史卡金小姐臉色泛紅。如果你從沒看過粉紅幽魂，我可以告訴你，那是個滿有趣的景象。她原本就已經浮在半空中，這會兒飄得更高了。

「布洛克先生當時還在嗎？」史卡金小姐說，用手挑起肩膀上幻想的線頭，突然試著裝出無聊的模樣。

「當然還在，史卡金小姐！要不然他也不會被困住，然後——」

「對，你說得對，當然了。」史卡金小姐打斷我，現在不耐煩起來。她輕輕降落在椅子裡。「如果你非知道不可，他在等我完成工作，我們那天晚上有計畫。」

「有計畫？你是說約會吧，史卡金小姐？」

史卡金小姐點了一次頭。「我們那天晚上打算到葛蘭特維爾看電影，或者說，我們以為我們會去。」

我們聽到一聲輕柔的嘆息。

布洛克先生一直坐在那張小沙發上。他從沒認可過我的存在，所以從很久以前起，我就不再顧慮在他面前說什麼。可是，現在他把書往下放在大腿上，大聲說話，我們都吃了一驚。「電影！對，我們一直沒去看那部電影，是吧？眞希望我們下一個要去的地方會有電影，史卡金小姐。我提過這件事嗎？那是我最期待的事情之一了。」

「下一個？」我說。

史卡金小姐發出噓聲要他安靜。

「我真期待能夠看看電影，」他重複，「再過不久。」他補充，一面拿起書本。書本穿透他的手指一次，但他再抓一次，這次成功舉到面前。

我雙手叉腰。「史卡金小姐，我們到底要去哪裡？」

她還沒機會回答我，依然捧著書的布洛克先生開始往上升。首先，他只離客廳沙發一英尺左右，顯然還在看書。可是很快地，他升得更高了。接著，他的腦袋有一半穿透了天花板。

「史卡金小姐！」他呼喚。他的書本摔落在地。「史卡金小姐！」

「布洛克先生！」不知怎地，史卡金小姐一手揪住我的手腕，另一手伸向布洛克先生的腳踝。他不再往上升，但也沒有降下來。我們就像那樣撐在原地。相當彆扭。

就在那時，老鼠湧進了房間。

老鼠。從幾個不同的方向。我數了數，至少有六隻。

「啊！啊！」史卡金小姐說，但並未放開我們兩人。

不過，她確實又開始從地板上升起，將我一起拉上去，直到我拉長身子，踮起腳尖。

布洛克先生現在幾乎穿過天花板了，史卡金小姐懸在他的腳踝下，而我掛在她身邊。我抓著她的前臂，她也抓著我的前臂。

爲了穩住我們大家，我用空著的手抓住壁爐橫架。

布洛克先生的聲音從天花板的另一側傳來，微弱但清晰。「史卡金小姐！我確定我們一定得走了，如果我們要走的話！」

史卡金小姐看著我。「親愛的，」她說，「你還有什麼需要我幫忙的嗎？」

我想不通她到底在說什麼。「我抓住壁爐橫架了！」我嚷嚷，「不要擔心，不管發生什麼事，我都不會放手的！」

史卡金小姐回頭看著我，我感覺她的手在我的手臂上稍微滑開，但她掐得更緊，抓住了我。

「你要走自己的路了，親愛的。你的小圖書館相當成功，而且今天你遇到了一個全新的客人。」

「客人？」我重複。

「你再次明白了自己的定位，」她說，「終於。」

「我們的定位就在這裡，史卡金小姐！在我們這棟完美的房子裡！」

她的腦袋現在幾乎碰到天花板了，我的腦袋歪向一邊，一隻手臂往上伸向她，另一隻手抓住壁爐薄薄的大理石邊緣。

「親愛的。」史卡金小姐柔聲說。

我回頭看著她，什麼都沒說。

「如果你放手，」她說，「我也會放手。」

「什麼意思？」我大喊，「負責把我們往下固定的是我！」

「沒錯。」她說。

那六隻（現在可能有八隻？）老鼠聚集在我們下方的壁爐那裡。我看著牠們，手一面掐緊壁爐橫架，假裝聽不懂她說的話。

我再也聽不到布洛克先生的聲音了，但史卡金小姐依然揪著他的腳踝。她抓住我的手再次打滑，但我們很快就用手指扣住對方，然後掐得死緊。靠著壁爐橫架的支撐，我們多多少少穩住了自己。就像一片古怪的風箏，微微搖動。我仰頭望向布洛克先生的鞋底。

「如果你可以放手，我就可以放手。」史卡金小姐重複。怪的是，無論在生前（或死後），她說話都不曾這麼有耐性。

布洛克先生不會下來了，這點相當明顯。

我仔細思量。史卡金小姐實在要求太多了，可是她畢竟是我的上司。

「好吧。」我終於說。

她點點頭。「我愛你，親愛的。」

我也愛她。我放開了壁爐橫架。

就在同一瞬間，她放開了我。我重重摔在地毯上，有好幾隻老鼠跑來探查我的狀況。史卡金小姐徘徊了片刻之後，開始往上升。

我先看看布洛克先生的腳，然後，看著我摯愛的史卡金小姐穿透天花板，最後消失了蹤影。我聽到的最後幾個字，出自布洛克先生之口。

「真有勇氣！」

我相信這次他講的是我。

37 依凡

依凡那天晚上的感受：

（一）困惑。

（二）非常困惑。

當蚊子出來活動的時候，依凡和爸爸趕緊拋下眞相之石逃開，這點依凡毫不介意。這天揭露的種種眞相，已經夠他受的了。他們走進廚房，媽媽替他們留了點湯，還有一張紙條解釋她接了到府服務的案子，要去重新啓動某人的路由器。

原來依凡的爸爸就是H. G. 席根斯，那個有名的作家。

爸爸解釋過了：他在少年時期取了那個假名。他確實借了《怎麼寫一本懸疑小說》，也讀完了。然後他開始動筆寫作。他辦到了，得到出版的機會，從此名聲大振。

「你爲什麼不希望讓人知道？」依凡問。

「有幾個人知道，強納森．歐尼爾就是其中一個。把你的信交給我的就是他。」

噢，那就是依凡搭校車從葛蘭特維爾回來之後看到的情景。歐尼爾老師將依凡的信交給爸爸，就是那個「文書工作」。

「不過，我想最主要是因爲我不想受到打攪。我喜歡我在地下室的小辦公室。我喜歡待在這裡，跟你們在一起，在我成長的房子裡。我不想參加新書發表巡迴、接受訪談那類的事情。」

「這表示我們家很有錢嗎？」

爸爸微笑。「我們是有些錢沒錯。」

「那老鼠的事情呢？」

「老鼠怎麼樣？」

「我是說——裡面有什麼祕辛？」

爸爸聳聳肩。「所有的鄉間小鎮都有老鼠。我一直把牠們趕過山丘，希望牠們乖乖待在那裡，免得有別的傢伙會殺掉牠們。」

「可是為什麼？你爲什麼想要救牠們？」

「沒什麼祕辛啦，從小我就是對老鼠情有獨鍾。」

他們兩人都靜默了片刻。然後依凡說：「我們到底多有錢？」

喝了熱湯之後，加上這一天很漫長，依凡覺得昏昏欲睡，雖然距離就寢時間還很久，他還是倒在床上，身上依然穿著出席畢業典禮的扣領襯衫。他的心思彈彈跳跳。他想得沒錯。H. G. 席根斯確實住過馬丁維爾。可是，依凡仍舊不知道是誰對圖書館放了火。

幾分鐘過後，他坐起身，在背包裡找到那些神祕鑰匙，踩著襪子衝下樓。他必須確認某件事。

依凡在廚房裡，可以聽到爸爸在地窖裡不停敲打鍵盤，一如既往。噢。他一直相信除蟲害的人會有那麼多電子郵件要回覆，也許是滿傻的。可是誰會認眞思考爸媽眞正的工作內容？

依凡穿過廚房門口，靜靜離開房子，路過爸爸的地窖辦公室窗戶，繞到房子前側時——哎唷，他沒穿鞋——試著不要把地上的碎礫踩得太大聲。

他把第二把鑰匙，也就是較大的那把，插進前門，然後轉動門把。前門立刻旋開。他走進屋裡，隨手關上前門。現在，多確認了一個事實：這些是他爸爸的鑰匙，很久以前。

依凡倚在門板上，聽著爸爸敲打鍵盤的微弱聲響。他閉上雙眼，想像爸爸還是孩子的時候，這些鑰匙放在前側口袋，走進圖書館。

就在那時，他想起那本書。

另一本書。

回到房間時，依凡撲倒在地毯上，往床底下摸摸找找，最後手指碰到了：那本封面用膠帶補強、快要解體的書。

他看著借閱卡上的日期，稍做了心算。這本書爸爸一年至少讀兩次，從八歲那年的夏天開始，直到圖書館燒毀爲止。

依凡甚至沒從地板起身，就翻開爸爸的圖書館書本，讀了起來。

內容講的是一隻老鼠。

突然間，依凡恍然大悟。爸爸對老鼠的「情有獨鍾」就是從這裡開始的——他雙手裡的這本書。一切都連回了那間圖書館。

爸爸應該得到正義的伸張。爸爸應該要能自在地跟鎮上的人講話，而不覺得他們都在懷疑他。

到目前爲止，依凡在偵察方面表現得不錯。找到自己爸爸二十年前弄丟的鑰匙，這個機率有多高？連歐尼爾老師也列不出這種方程式。

依凡想像那些鑰匙在塵土裡等待，就在那些長刺的雜草之間。他想到那隻貓咪，站在鑰匙上方，動也不動，直到他撿了起來。

那隻貓咪知道什麼內情嗎？他不可能問貓咪，但也許可以問牠的主人。

依凡坐起身，疲憊一掃而空。他放下那本書。

然後伸手去拿運動鞋。

38 艾兒

所以這就是眞相，史卡金小姐終於逼我面對的眞相：我並不是幽魂。我從來就不是幽魂。

事實上，我跟其他活人沒有兩樣。

我並沒有在大火那晚死去，只是勉強逃過一劫。我記得自己癱倒在圖書館地下室，肺部灌滿煙霧。

我當時已經將推車（還有親愛的貓咪）推出地下室門口，然後爬啊爬地，最後在地上找到了艾德華。他似乎失去了意識，我抓住他的手臂，準備將他拖出去。可是，最後我跟著躺到了地上，雖然我並不是刻意要這樣。

然後，不知怎地，艾德華想辦法把我帶到外面去了。

他救了我一命。

我在扎人的碎礫上醒來，夜間空氣冰冷。艾德華在我旁邊，咳個不停。警笛聲傳來，一個消防隊員衝向我們。

「裡面有沒有人？」他喊道。

我告訴他：史卡金小姐。史卡金小姐！

他們在室內露臺找到她，她不敵煙霧而倒在那裡。

在那之後——我要怎麼解釋才好？我想我的心整個都碎了。

我發現自己漸漸乾枯，我想要成爲幽魂。

然後，不知怎地，奇蹟發生了。她出現在我身邊，我親愛的史卡金小姐。

一個幽魂，但也是原本的她。

我們跟著布洛克先生，一起搬進了歷史之屋。

我負責做蘋果醬、烤馬鈴薯，管理起司櫥櫃。說來慚愧，我從沒想過那兩個親愛的幽魂可能想到別的地方去。

史卡金小姐一直留在這裡，全是爲了我。

她等著我重新在世界上找到自己的定位。等著我放開她。

我相信，這點很像母親會做的事。

我從沒當面謝過她。

我也從沒跟布洛克先生道謝過，他陪她一起等（等著要去看電影，二十年是很漫長的一段光陰）。

艾德華救了我的命，我甚至沒跟他道謝。

我只是躲起來。每個星期一，我垂著腦袋出門辦雜事。要是有人跟我說話，我就往另一個方向拔腿跑開。可是大部分的人都學會不找我講話。過一陣子之後，再也沒人嘗試跟我說話。連每個星期三都替我做鮪魚和醃黃瓜三明治的人也一樣。

親愛的幽魂離開以後，我躺在客廳地板上，腦袋撞出了一個腫包，思考著這一切。

就在那時，一天當中的第二次，我聽到敲門的聲音。

39 莫迪沐

莫迪沐在歷史之屋的前廊上等待，老鼠們選了各自偏好的門，接著迅速溜進屋裡。

等他們有足夠的時間聚集在客廳之後，莫迪沐抓抓前門，然後等待。

他再抓一次之後喊道：「是我！」

然後等待。

艾兒到底在哪裡？老鼠們一定在納悶他上哪去了。他再抓了一次門。

突然間，一個迷你的身體從門底小縫（也就是所謂的一號鼠門）冒了出來，來到前廊。

「怎麼這麼久？」芙拉維亞質問，「我們都在壁爐邊，等你把火柴撒下來！」

「我進不去，」莫迪沐說，「我需要艾兒來開門。」

「誰是艾兒？倒在地上的女人嗎？」

莫迪沐盯著她。「什麼意思？在地上？」

「就是在地上啊。」芙拉維亞噗咚倒在地上，示範給他看。

「也許其中一個鬼魂可以想辦法放我進屋裡。」他說。

芙拉維亞依然仰躺在地，點了點頭。「裡面沒鬼魂了。」

「沒鬼魂？你確定？」

「對，我的聽力非常好，比你的還好。其實我的聽力現在就告訴我，房子轉角那裡有個人類。」接著她坐起身，匆匆溜回門下。「也許你可以請那個人類開門！」她從門的另一側喊道，「動作快！」

莫迪沐意識到她說得沒錯。有人從他背後的小徑走來，大聲地踩著前廊的樓梯上來。

是依凡。就是那個有問號臉的男孩。莫迪沐仰頭看他，反覆輕拍前門，給他暗示。

「小金！」依凡說，用手電筒照著他，「你一定被鎖在外面了。」他敲了敲門，總共三次。

他們聽到裡面傳來一個字眼：「救命！」

他們面面相覷。依凡試著轉動門把，但是鎖上了。

「我應該打破玻璃嗎？」依凡問道。莫迪沐很想跟他說，腳踏墊底下有一把鑰匙。

「不要打破玻璃，」有人從他們背後喊道，「腳踏墊下可能有鑰匙。」

依凡連忙轉身。「爸？」

莫迪沐這才意識到，這個某人正是鎮上負責除害蟲的人，總是開著上面寫著「任務老鼠」的廂型車來來去去。但這兩個人爲什麼會來這裡？

幽魂們走了？

艾兒倒在地上？

意外的訪客？

這就是計畫會碰到的問題，莫迪沐暗想。計畫常常趕不上變化。他不確定除害蟲的人對老鼠的表演會有多少耐性。他們必須用很快的速度傳達自己的重點，他決定。至少艾兒在屋裡，這是好事，她才是關鍵人物。他希望艾兒願意從地上站起來。

依凡跟爸爸找到了腳踏墊底下的鑰匙。他們打開了門。

莫迪沐伸展自己長長的身體。他準備好了。他會趕在枝節橫生以前，到那些火柴旁邊。

40 每個人

「你……有看到這個嗎？」依凡的爸爸問。

「我想有。」起司女士說，緩緩揉著自己的太陽穴，彷彿頭在痛。

依凡看得目瞪口呆。老鼠們正在跳一場舞還是什麼的。

這種事不可能發生，卻在眼前上演了。

老鼠們正繞著小小的圓圈行進，嘴裡啣著火柴棒。

而且那隻貓似乎在——監督牠們？

如果有人有資格觀賞一場祕密老鼠舞蹈的話，依凡心想，那一定就是他爸爸了。

「除非我腦袋撞得比我想的還用力一點。」起司女士說，她身上還別了寫著「AL」的別針。

艾兒救了我，爸爸說過，那就是依凡回到這裡的原因。

艾兒。

AL（助理圖書館員）。

如果她就是爸爸說的那個「艾兒」，也許她會知道大火那晚的眞相。依凡過來就是要問她。

可是顯然得先等一等。

*我是不是產生幻覺了？*艾兒納悶。

艾德華（親愛的男孩！但當然他再也不是小男孩了）扶著她從地板起身，現在老鼠似乎在上演一場戲。她不知道哪件事更不可能發生。

反正感覺就像一場戲。親愛的貓咪跳上了壁爐橫架，用一隻巨掌將笨重的火柴棒杯掃下來之後，現在挺直身子站在壁爐砌石上。

火柴棒一碰到地上，老鼠們就撲上前去拿，然後站在親愛的貓咪大大的前腳之間。

九隻老鼠整齊站成一排，每隻嘴裡都穩穩啣著一根火柴棒。

然後，聽到一個無形的暗號之後（其實佛列德又吹了一聲口哨，只是人類聽不見），老鼠們開始繞著親愛的貓咪遊行。

貓咪緩緩地將一隻六趾腳掌舉到頭頂上——一時片刻好像即將發動攻擊，但牠只是對著老鼠們上方的空氣模糊一揮。親愛的貓咪正在表演。

看到這個動作，老鼠們佯裝害怕——牠們在壁爐前方以不規則的路線行進，垂下腦袋，讓火柴在壁爐砌石上擦出火花。

火柴。

艾兒聽到尖銳的吸氣聲，意識到是自己發出來的。

艾德華在她旁邊，像顆石頭那樣站定不動。

接著，老鼠停止不規則的走動跟擦火柴，再次整齊排在莫迪沐前方。牠們拋下火柴——只有最小的老鼠嘴裡依然啣著火柴，衝到布洛克先生依然面朝下的那本書，然後站在上頭，用兩隻後腿穩住自己。

真是可愛的老鼠，艾兒心想。（但史卡金小姐肯定會很震驚——竟然讓書攤開倒蓋！還有一隻老鼠站在上頭！）

當然，史卡金小姐已經走了。而那個事實尚未完全在她心裡沉澱下來。艾兒越是意識到這件事，就越確定自己會哭出來。

專心，她告訴自己。

親愛的貓咪開始喵喵叫，叫個不停。

事實上，莫迪沐是在說話。他說的內容如下：

那天晚上在圖書館，我跟妹妹佩塔妮亞，
追著一隻可憐的老鼠跑。
我們不知道他嘴裡啣了一根火柴棒。
我們當時只是小貓咪。
接著一切就著火了，我們朝不同方向奔逃。

那場火是我的錯。

也是一場意外。

我對這件事感到深深的歉意。

我沒再見過佩塔妮亞。

老鼠們說，她可能是葛蘭特維爾那個喜歡電影的妖怪，我打算去探查一下。

另外還有一件事。

我跟老鼠們說，他們可以在這裡待上一陣子。

他們喜歡蘋果和起司。

可能也喜歡馬鈴薯。

再見了，感謝你給我的所有擁抱。

莫迪沐一直想寫一首美麗的道別詩，來搭配他的這番演說，但時間不夠。

他知道人類也聽不懂他說的話。可是，他還是必須把這些話大聲說出口：

「那是一場意外，對不起。」

真的好對不起，他的心說。

「演說滿精彩的！」芙拉維亞對他喊道，「現在告訴我蘋果在哪裡！」

「要說拜託。」佛列德提醒她。

「蘋果，拜託！」芙拉維亞說。

莫迪沐說的話，艾兒、艾德華和依凡確實一個字也沒聽懂，可是他們看懂了那一場表演。

不是每個故事都需要用到文字。

人類們面面相覷。「原來是老鼠！」艾兒說。

艾德華點點頭。他看起來再也不像石頭了。「原來是老鼠。」他說。

多年來頭一次，他們終於能夠正眼看著對方。

「我甚至沒跟你道謝。」艾兒說。

「跟我道謝？」艾德華說，「爲了什麼？」

「大火那晚你救了我一命——我不知道你是怎麼辦到的。我發現你在地板上縮著身子，老實說，你當時看起來像是失去了意識。可是後來不知怎地，你把我帶出去了。」

艾德華搖搖頭。「你的命不是我救的，你才救了我的命！我只記得癱倒在地上，然後在外頭的停車場醒來，你就在我旁邊。一定是你拖我出去的。」

就在那刻，有東西從天花板掉下來，撞上他們雙腳之間的地面。

艾兒彎腰把那個東西撿起來。是個小小的塑膠別針，上頭寫著「圖書館員」。

她看看艾德華，然後望向天花板。

接著她哭了一會兒。

到了這個時候，老鼠們已經作鳥獸散，奔向地下室，找到了馬鈴薯桶。

莫迪沐走出大門的時候，甚至沒人注意到。

只有芙拉維亞注意到了。

「拜拜，莫迪沐！」她從四號鼠門後面大喊，「再見，祝你好運！我幾乎再也不覺得你是牢騷鬼了！」

回家的路上，依凡說：「爸，那些老鼠跟那隻貓剛剛真的把起火原因，表演給我們看了嗎？」

爸爸點點頭。「我想是這樣沒錯，我還在消化這件事。」

依凡用手電筒照路，免得他們絆倒。「我們必須跟消防隊長說，他可以重啓這個案子，對吧？」

慢慢地，爸爸再次點頭。「我想我們可以請他調查看看。不過，也許我們不應該，嗯，跟他說那場貓鼠戲。我想那只是要給我們，還有艾兒看的。」

依凡也有同感。不過，他可以跟拉夫說，當然還可以跟媽媽說。

他們到了家。依凡還有一個疑問。

「爸？我們家有錢的程度，有辦法建一座新的圖書館嗎？」

莫迪沐的後記

十點場次的電影

莫迪沐坐在佩塔妮亞旁邊，疲憊但開心。走到葛蘭特維爾對一隻老貓來說，是一條漫漫長路。

他們在放映室裡，在一片正方形大窗後面，準備要看這部電影。他們下方的觀眾坐在柔軟舒適的紅絲絨椅子裡，吃著爆米花。

佩塔妮亞時不時就會用腳掌輕拍他的耳朵，然後小聲說：「莫迪沐，真的是你嗎？」

每一次，莫迪沐都會說：「佩塔妮亞，真的是我。」

他的心飽滿、歡喜，而且平靜。

爆米花的味道眞棒，莫迪沐明白老鼠們爲什麼希望他們可以吃一點，他打算跟佩塔妮亞講講這件事。

照明暗了下來。

「開始了！」佩塔妮亞低聲說。

莫迪沐注意到兩個身影急急忙忙趕過來，在第一排的舒服紅椅裡坐下。其中一人捧著一桶爆米花。

整場電影裡，兩人都手牽手，一直到播映完畢才站起身。他們似乎準備從頭再看一遍。

莫迪沐看著的時候，其中一個身影似乎飄出了她的座位，只是一點點，然後迅速安頓下來。

會是他們嗎？莫迪沐決定更仔細地觀察。

可是佩塔妮亞已經坐不住了。

「來追我，莫迪沐！」她呼喚，「快來追我！」

莫迪沐也這麼做了。

依凡的後記

中學的第一天

結果發現，依凡家就是中學校車的第一站，所以最後由他替狄米崔占位子，而不是反過來。拉夫捧著大紙袋登上校車時，他們兩人擠了擠，爲他騰出空間。

「要嗎？」拉夫指著懷裡的袋子。

狄米崔哈哈笑。「也許晚一點。」

「沒問題。」拉夫輕拍他的紙袋。「隨時歡迎。我想說今天可以發給我的老師們，你知道的，就像送蘋果[8]那樣？」

「只不過——是送番茄。」依凡說。

「沒錯。」整個夏天，拉夫證明了他是個天生的園藝好手，雖然他將成功歸因於街頭小圖書館的那本書。

依凡看看自己的手錶，今年不可能提早到校了。他好想翻開自己的日誌，他近來寫了不少東西。

校車繞過城鎮綠地的轉角時，圖書館的建築基地映入眼簾。到目前爲止，都還只是一個巨大的坑洞。

他們的巴士在紅燈前放慢速度停了下來。依凡跟爸爸來過工地參觀好幾次。在那個巨坑旁邊，有個現在相當熟悉的標示，上頭有張圖呈現圖書館完工的模樣。

看起來會非常氣派。

狄米崔指著標示附近，戴著硬帽、站在一起的一小撮人。「那是不是你

8 學生為了對老師表達感激和謝意，送老師蘋果是由來已久的傳統作法。以前大家經濟拮据，沒有多餘的錢可買禮物，所以摘自家栽種的蘋果送給老師。

爸，依凡？」

「對，」依凡說，「他在那裡花了不少時間，忙著規畫。」

「他們眞的要叫它H.G.席根斯圖書館嗎？」

「才不會，」依凡說，「那只是謠傳。我爸永遠不會希望這座圖書館取他的名字。」可是依凡的視線已經從那片工地移開。他正看著歷史之屋。

狄米崔聳聳肩。「爲什麼不要？是他出的錢，不是嗎？我一發現他就是H.G.席根斯，就在暑假讀了《接獲任務》。超好看的！你爸是在哪裡學寫作的？他的點子是從哪裡來的？」

「就從這裡吧，我猜，」依凡說，「他一直住在這邊。」歷史之屋的門打開了，艾兒走了出來，肩膀上掛了大大的托特包。依凡可以看到裡面有幾本書突了出來。

狄米崔說：「你知道嗎？我一直以爲作家都是從特別的地方來的。」

艾兒從前廊走下來，越過他們前方，往城鎮綠地走去，爽朗地對著校車駕駛揮揮手。她在街頭小圖書館那裡停下腳步，取下肩膀上的提袋，開始將自己的書放進去。現在，那個圖書館有了個板凳，下面還塞了一罐狗零嘴。那隻美麗的橘貓再也沒有回來，但有人在小圖書館的側面替牠畫了一張賞心悅目的肖像。依凡看到艾兒再次出發之前，對貓的肖像送了個飛吻。

交通燈號變了，校車踉蹌往前。

「也許這裡就是個特別的地方，」依凡說，「也許對住在當地的居民來說，每個地方都是特別的。」

「嗯，」拉夫說，朝番茄咬下去，「也許喔。」

消防隊長同意對圖書館大火重啓調查，因爲他不曾考慮到老鼠可能扮演的角色。結果發現，老鼠觸發火災的事件並不是那麼不尋常。有時候，牠們會啃破電線。雖然很罕見（有時候還是會發生），但牠們會啣著火柴棒跑來跑去，火柴擦過牆壁或書本那類的東西，最後爆出火焰。經過一個月的審核之後，消防隊長正式宣布，那座圖書館會起火是個意外：「因意料之外的動物行爲涉入所造成的結果。」

正義終於得到伸張。

事實上，這就是結局了。

幾乎是。

艾兒的後記

一年之後

新的馬丁維爾圖書館就矗立在舊圖書館的原址上，但是這兩棟建築物只有這個共同點。

新的圖書館有玻璃牆，五層樓的藏書，九個舒適的閱讀角落，自動還書分類機器，一架電梯，一個可以兼作表演舞臺的電影院，三間有電腦設備和虛擬實境的房間，一間咖啡廳，一個讀書會聚點，還有一整個房間專門收藏圖像小說和漫畫書。

圖書館員從她位於三樓的玻璃牆辦公室裡，隨時可以看到圖書館大半的動態。也不是說她有多少空閒時間。人們——職員、客人、朋友——總是在敲她的辦公室門，儘管她貼了一個大大的告示：別麻煩，不用敲門——直接進來就好！

不過，她的實習生通常會直接探頭進來。「嗨，你準備好了嗎？」

艾兒從電腦前抬起頭來，她正忙著爲「夏季閱讀節」做筆記。「拉夫！」她說，「噢，我的天——已經放學了嗎？」她放下正在吃的鮪魚醃黃瓜三明治（艾德華之前承認，這些年來，將三明治留在她前廊上的就是他。他到現在依然堅持每星期三替她做這種三明治）。

拉夫對她咧嘴笑。艾兒常常會忘記時間，這一點眾所皆知。「都快四點了。」他說。

「噢！」艾兒將螢幕上的文件存好之後，開始一一關上。她花了好一段時間才掌握到操作「電腦這種東西」的訣竅，但親愛的艾德華的太太馬蒂娜，一直對她秉持著無比耐性。兩人在過去一年間成了好朋友（馬蒂娜負責圖書館裡所有跟科技有關的房間，她尤其喜歡艾兒的古怪習慣：幾乎每天下午四點左右，會端一杯茶和一片起司給她）。

艾兒站起來，調整圖書館員胸針，拿起放在辦公桌上那疊整齊堆好的書本，就在一隻木刻小老鼠旁邊。她摸了摸那隻老鼠求好運，或者只是出於深情，然後滿懷期待地看著她的實習生。

「所有的東西都擺好了，」拉夫說，「就照你交代的，地板上多放了些靠墊。」

「謝謝你，拉夫。」艾兒望出窗外，看著綠地，她看到幾個孩子從小學那裡朝圖書館走來，有些人說說笑笑，有些人只是沉浸在自己的思緒裡。

「我準備好了。」她說。

星期三讀書會的時間到了。

（全書完）

你絕對應該知道的唯一一件事，就是圖書館的位置。

——愛因斯坦

無人知曉的圖書館

The Lost Library

作　　者　雷貝嘉・史德 Rebecca Stead
　　　　　溫蒂・梅斯 Wendy Mass
譯　　者　謝靜雯 Mia Hsieh
責任編輯　黃蓋莙 Bess Huang
責任行銷　袁筱婷 Sirius Yuan
封面裝幀　木木 Lin
封面插畫　Celia Krampien
版面構成　譚思敏 Emma Tan
校　　對　葉怡慧 Carol Yeh

發 行 人　林隆奮 Frank Lin
社　　長　蘇國林 Green Su

總 編 輯　葉怡慧 Carol Yeh
主　　編　鄭世佳 Josephine Cheng
行銷經理　朱韻淑 Vina Ju
業務處長　吳宗庭 Tim Wu
業務專員　鍾依娟 Irina Chung
業務秘書　陳曉琪 Angel Chen
　　　　　莊皓雯 Gia Chuang

發行公司　悅知文化　精誠資訊股份有限公司
地　　址　105台北市松山區復興北路99號12樓
專　　線　(02) 2719-8811
傳　　眞　(02) 2719-7980
網　　址　http://www.delightpress.com.tw
客服信箱　cs@delightpress.com.tw
I S B N　978-626-7537-02-2
建議售價　新台幣３８０元
首版一刷　２０２４年08月
　五刷　２０２４年12月

國家圖書館出版品預行編目資料

無人知曉的圖書館／雷貝嘉・史德(Rebecca Stead), 溫蒂・梅斯(Wendy Mass)作；謝靜雯譯. -- 初版. -- 臺北市：悅知文化 精誠資訊股份有限公司,2024.08
面；公分
譯自: The lost library
ISBN 978-626-7537-02-2 (平裝)

874.59　　113010281

建議分類｜青少年文學、翻譯文學

線上讀者問卷 TAKE OUR ONLINE READER SURVEY

我們閱讀，
所以知道自己並不孤單。

——————《無人知曉的圖書館》

請拿出手機掃描以下QRcode或輸入
以下網址，即可連結讀者問卷。
關於這本書的任何閱讀心得或建議，
歡迎與我們分享 :)

https://bit.ly/3ioQ55B

馬丁維爾圖書館

借閱人	書名	歸還日期
H.G.席根斯	怎麼寫一本懸疑小說	1999.11.05